目次

いかなる神の前へもこの姿でゆくよ。海のフリルが白さを増して

かわいいピンクの竜になる

#1 少女は従わない

はじめてのロリィタ

二〇二〇年、秋。二十九歳の誕生日を前にして、私はロリィタ服にはじめて袖を通した。鏡に写った自分を見て、「私はこの服を着て生まれてきたんだ」と思った。生き別れの双子のきょうだいと巡り合ったかのようだった。

それほどにその服は私に——私の姿かたちだけでなく、私の精神に——しっくりと馴染んでいた。

あるべき世界では、私はずっとこんな服を着て生きてきたに違いない。間違ったこの世界で、それでも私はようやく、自分の羽衣を取り戻した。

ロリィタ、というファッションを知ったのがいつのことだったのか、覚えていない。思い出すのは、大学の大教室でときおり見かける、真っ黒なゴスロリファッションに身を固めた女の子の、孤高な空気感とすっと伸びた背筋が好きだったこと。美術館で、かんぺきなロリィタファッションの、お人形さんみたいな女の子が、じっと絵と見つめ合っているところに遭遇すると、人間と絵の境界線を踏み越えてあちら側に親しんでいるように見えてとても羨ましかったこと。

中高の友人の私服がピンクハウスだったこと。三島由紀夫をこよなく愛する読書家で、立ち居振る舞いが優美で、持ち物のすべてに一貫した趣味と審美眼が流れ、目鼻立ちといった部分を超えて底光りするように美しかった彼女が、はじめて私服で現れたときあまりにも完全だと私は思った。

放課後に別の友人とおしゃべりしながら散歩していたとき、大きなファッションビルの中で、「あ、これ＊＊ちゃんが着てる服だよ」と友人がピンクハウスの店舗を指した。「君もこういう服似合いそう」と言われ、「そう思う」と返した。とびきりかわいくて華やかでロマンティックな服が自分に似合うであろうことはわかっていた。けれど値札をちらりと見ると、私がそれまで知っていた服とは値段が一桁違っていて、逃げるようにお店を出たこと。

運命の一着

着たい服を着る上で一番高いハードルは、お金、だったと思う。

私はアカデミア志望で大学院博士課程に進学したため、経済的に自立するには人よりだいぶ時間がかかっている。二〇二〇年、大学非常勤講師の職を得て、ようやく少ないながらも定期収入のある身となった。同じ年の九月、はじめての歌集『Lilith』を出版し、それと前後して、原稿依頼が増えた。それまで、短歌の専門誌からの依頼がほとんどだったのだが、小説を発表し始めたこともあって、歌壇の外からの依頼ももらえるようになった。『文學界』の巻頭表現と『文藝春秋』の短歌欄、『夜想 #山尾悠子』と『水原紫苑の世界』の評論が十月に集中した。特に『夜想 #山尾悠子』と『水原紫苑の世界』は、私が尊敬してやまない表現者の先達を特集した本で、そこに寄稿させてもらえるのは夢のようだったし、同時にもちろんプレッシャーでもあった。

「この十月が終わったら、その分の原稿料ではじめてのロリィタ服を買おう」。そう私は心に決めた。「それを心の支えに、十月を乗り切るんだ」と。

会社勤めをしているような人たちから見ればきっと微々たる額なのだろうけど、私が自分の文章で手に入れた、どう使っても誰にも文句を言われないお金なのだから。

そして十一月になると、私は新宿マルイアネックスにはじめて足を運び、運命の一着に出会った。

KERA SHOPのトルソーが着ていた、貴族的なエレガントなドレスに心を奪われたのである。

ところが、店内を歩き回っても、同じ服が見当たらない。勇気を出して店員さんに尋ねてみて、謎が解けた。無知な私が一着のドレスだと思ったものは、ブラウスにコルセットスカートにアンダースカートのコーディネートだったのだ。

コーデの主役は、Millefleursのコルセットスカート。同じくMillefleursのアンダースカートとパニエを合わせて、早速試着させてもらう。

試着室の近くには様々なパニエが吊り下げられている。「(スカートを)どれくらい膨らませたいですか?」と店員さんに聞かれる。「いっぱい!」と私は答える。店員さんは一番ボリュームのあるパニエを選んでくれる。ふわっふわだ。パニエなるものを身に着けるのもはじめてに近い。

コルセットスカートは暗紅色の地に大きな薔薇模様が織り込まれた、華やかさと同時に落ち着きのある生地でできている。コルセットと、前の開いたオーバースカートが一体になった形で、胸まであるコルセット部分にはしっかりボーンが入っていて、前で留める金具のところにはボルドーのリボンブローチが三つ縦に並び、背はボルドーの細いリボンで編み上げられている。生地は硬くてハリがあり、コルセットで絞ったウエストから、大きく広がるオーバースカートのラインが美しい。

オーバースカートの開いたところから、三段フリルの生成りのアンダースカートが現れる。こちらはやわらかく手触りのいい生地で、ふんわりとふくらむ。素材の組み合わせがいいし、この形はロココ調のローブ・ア・ラ・フランセーズ（という名前はロリィタにはまってから知ったのだが）を髣髴とさせるところも素敵だ。

重ねたスカートはどちらも膝丈で、コルセットスカートの裾からアンダースカートのフリルがほんの少し覗く。お椀を伏せたような形にふくらんだスカートは、絵本に出てくる女の子みたいにメルヘンチックでキュートで、私は「ティーパーティ」という言葉をイメージする。

そして、アンダースカートをロング丈に変えると、まったく印象が変わるのである。この時は丁度いいアンダースカートがなかったので、コルセットスカートの下にロング丈のチュールのワンピースを合わせたのだが、丈が長いと――そして長い分ボリュームも豊かなスカートがパニエによって惜しみなくふくらまされていると――一気に華やかに、優雅に、貴族的になる。

そのどちらも私にとてもよく似合っていた。着る前から、私はロリィタ服が自分に似合うと思っていた。自分に一番似合う、自分が着るべき服はロリィタ服であり、それを着るまでは死んでも死にきれないと思っていた。その一方で、もし着てみて似合わなかったら、いつか自分に最高に似合う、美しい衣服に巡り会えるはずだという夢を失ってしまう、それくらいなら、憧れは憧れのままにしておいた方がいいのではないかという怯懦の心をも持っていた。ロリィタが似合うような年齢はもう過ぎてしまったのではないか、服に自由に使えるお金が手に入るまでの間に——とも怖れていた。

そんな心配は、鏡を見た途端に雲散霧消した。服って、すごい。物としてもうっとりするくらいに美しいのに、中に人間が入ると、なんと更に美しく可愛くなるのだ。売り場で見惚れた服が、私というトルソーを得て完成形となり、立ち上がっていた。これは私が着なくてはいけない。私の到来を待っていたのである。

はじめてロリィタ服を買うときは、一枚で完成するワンピースか手持ちのトップスを合わせれば着られるジャンパースカートから入るといいと思うのだけど、この時の私は、コルセットスカートと膝丈のアンダースカート（とパニエ）という、いきなりちょっと上級者の買い物をした。おいおいロング丈のアンダースカートも買いたいし、合わせるブラウスを色々変えても印象が変わるし、と、他のアイテムも次々に買い揃えていくことを前提とした買い方だった。

マルイアネックスに着いたときは、清水の舞台から飛び降りる覚悟で一着だけ買うつもりだったのに、もうすっかり清水に身を沈める心積もりができていた。

ちなみにこの日、心を奪われた服は他にもあって、一着はSheglitのワンピース。暗い緑のストライプで、すっきりしたシルエットにスタンドカラー、長いスカート丈が上品。ヴィクトリア朝の洋服のデザインを継承した、まさにクラシカルでエレガントなスタイルだ。パニエを入れなくても品が良くて素敵なのだが、パニエを入れ、後ろの編み上げを締めてもらうと、シルエットがどんどん整って更に美しくなっていくのに目を瞠った。

もう一着はInnocent Worldのトーションレースドールワンピース。フリルがたっぷりでいかにもドーリィな印象がある。黒地にピンクの薔薇と赤い苺のブーケの模様が映え、華やかでかつ優美。花と苺なのに子供っぽくならず、気品があり、それでいて少女心に訴えかける。たっぷりと広がるスカート、レースの縁飾りのついた白い襟、ふわりとふくらんで手首のところできゅっと締まる袖、真珠色のハート型のボタン、と細部まで美しい。

後日、手持ちのロリィタっぽい古着のワンピースに合わせるロングパニエを手に入れようとマルイアネックスを再訪した私は、それに加えてタイツに靴、そして前述のInnocent Worldのワンピースまで購入していた。だって、「お金さえ払えばこの美しいワンピースが自分のものになるのなら、そんな容易いことはないのでは?」という気持ちになってしまったのだ。お金を使うのが苦手だった私にとって、それまで経験したことのない気持ちだった。

「女の子」とジェンダー規範

もとから私は、世間的な「おしゃれ」や「流行」、あるいは「TPO」といったものについてはわからないながら、装いに対しては自分なりのこだわり（文字通り、「拘り」）があった。

小学生の時には「毎日同じ服を着ている」といじめられたこともあるし、気に入ったスカートをずっと穿き続けて擦り切れてしまったこともある。ピンクが好きだ、というのもいじめや揶揄《からか》いの原因のひとつで、ピンクが好きであることを表明する女の子なんて周りにはいなかった。ピンクを身に着けるのは「自分がかわいいと思っている」ことの証だった。でも私は自分のことをかわいいと思っていたし、それとは無関係にピンクはかわいいと思っていて、かわいいものを身に着けるのが好きだったし、それのどこが悪いんだ？

私はピンクや白、花柄、リボンやレース、スカートやワンピースが好きなまま成長した。中高は制服だったので、着るもので周りと摩擦が起きることは少なかった。制服のセーラー服もかわいくて好きだった。校則のゆるい学校だったので、セーラー服にピンクのカーディガンを合わせたり、冬は真っ赤なダッフルコートを着たり、ローファーではない赤い革靴を履いて、キャメルの鞄を持ったりしていたけれど。

けれど大学に入って問題が生じた。好きな格好をしていると――髪を伸ばして二つ結びにし、花模様のシフォンのセットアップを着たりしていると――「女の子らしい」と見なされてしまうのだ。

女子校だった中高にも、「女の子らしい」という概念はたしかにあった。「そういう女の子らしいものが似合って羨ましい」とか、「女の子らしくていいな」と言われることもあったから、「女の子らしいのは素敵なこと」という価値観がまったく内面化されていなかったわけではない。

けれど、大抵の女の子はまったく「女の子らしく」はなかった。一人ひとりの女の子は、それぞれのあり方でその人自身であった。女の子が「女の子らしい」とか、あるいは「男の子っぽい」といった言葉で括れるものではないことも、「女の子」と「女の子らしさ」が本質的に結びついてなどいないことも、みんなよく知っていた。

「女の子らしい」というのは、クラシックやポップのように無数にあるジャンルやモードのうちのひとつに過ぎなかった。それは大正時代の女学生とか、中世ヨーロッパのお姫様とかを髣髴とさせる、何か素敵なものであり、ショーケースの中に飾られているのを、目をきらきらさせて眺めるものではあるが、自分たちの生活にはあまり関係がないし取り入れる必要もない――そういうものとして、珍重されていたように思う。

そんな環境の中で聞く「女の子らしい」という言葉は、私には心地よかった。私にとっても「女の子」はフィクショナルなものであり、本の中にしかいなかった。そして、私は一人だけ、本の中から来たのだった。

けれど、共学の――それも、女子率がわずか二割の――大学で、特に男性から言われる「女の子らしい」は、まったく違う概念だった。それは、一人ひとり異なる女の子たちを「女の子」の枠に押し込める言葉だった。「女の子」は、歴史上ずっと・伝統的に・生物学的に・生まれながらに「女の子らしい」ものであり、「女の子らしく」あるべきだという強固な信念がそこにはあった。女の子は「女の子らしい」方が優れているとされていたし、その場にいる数少ない他の女の子を私と比べて貶める、あるいは私を他の女の子と比べて持ち上げるような発言さえしばしばなされた。「おまえも川野さんを見習えよ」と、男の子たちに言われると、私たちは気まずい笑いを浮かべるしかなかったし、貶められた女の子に、あなたはそのままで素敵だと伝えるすべも見つからなかった。

和服を好んで身に着ける人に似ているかもしれない。その人は和服のデザインが好きだから着ている。自分自身は日本生まれの日本育ちではあるが、それを自分のアイデンティティとして捉えてはいないし、日本人だから和服を着ているとか、日本人はみな和服を着るべきだとか思ってはいない。どんな国や民族の人が和服を着てもいいと思っている（文化の盗用の問題は重要だけれど、いったん置いておこう）。洋服を着る者は真の日本人にあらずとは思っていない。別に「真の日本人」とやらになる必要はないけれど、洋服を着るのも現代日本の文化風俗なのだし。また、和服は日本の文化の中で作られたものかもしれないが、それを着ることがすなわち日本の「伝統的な価値観」とか呼ばれる眉唾なものをまるごと受け入れることにはならない。パンも食べるし、ルンバも持ってるし。内外から押し付けられる、「日本人」のステレオタイプに従うつもりもない。切腹もしないし、忍術も使わない。あと何を以て「日本人」って言うの？　日本で生まれ育ったこと？　日本国籍を持っていること？　大和民族であること？　でも自分の先祖のルーツなんて知らないし、遡ればみんな色々な場所から来た先祖を持っているはずだ、と思っている。

でも周囲に日本人が少ない環境で、外国の人に「とても日本人らしくていいね」「それこそ日本の伝統文化だよね」と言われたら、そんなつもりじゃない、と和服を着ているその人は思うだろう。「日本人はやっぱり和服が一番似合う」と言われたり、洋服を着て髪を染めている日本人について「あんなの本当の日本人じゃないよね」と言われたりしたら、反発するだろう。和服を着ているからといって、従順で控えめな「大和撫子」であることを期待されたら、迷惑に思う。

それと同じで、歴史上（あるいはほんの数世紀の間）女性のものとして発展したスタイルの衣服を好んで身に着けているからといって、理想の女性像を体現する気も、女性に押し付けられてきた規範をすべて受け入れる気もまったくなく、規範の内側で「女の子らしい」と言われるのは不快でしかなかった。

私は「女の子」だからそういう服を着るのではなく、ただ好きだから着ているのだし、私が好きなタイプの服を、男性や中性やその他の性別の人が着たってまったくおかしくないのに。

それに、私は自分のことを「女性」だとは思っていなかった。「女の子」だとは思っていた。より正確に言うと、「少女」。でも「少女」は私にとっては「女性」（の小さいバージョン）ではなく、人間ですらなかった。おとなになって、性別が分化し、人間になってしまう前の、性を持たない、妖精のような存在。それが「少女」だった。私はずっと、少女のままでいたかった。なぜ「少年」ではなく「少女」なのか、そこには性別があるではないか、と問われるかもしれないが、私にとっては「少女」の方が無徴で、「少年」の方が有徴なものに感じられた。また「少女」の表象の方が私の関心を引いたが、「少年」の表象には特に興味を持てなかった。表象、と言う通り、これら「少女」「少年」は現実の人間のこどもとはあまり関係がない。

自分の性別を表現するなら、「無性」が一番しっくりくる。社会的にはほとんどあらゆる場面で「女性」と見なされ、それゆえ「女性」とされる存在に降りかかる様々な出来事を経験するタイプの。性差別について語るといった文脈においては、（女性差別の客体としての）

「女性」と見なされてもまったく間違いではないし、「女性」とされる存在に降りかかる出来事を経験してきた人たち（出生時に割り当てられた性別や自認する性別に関係なく）に対して親近感や安心感を抱きやすい傾向にある。でも、自分に「性」というものがあるとは思えない。

「女の子」と恋愛伴侶規範

「女の子らしい」（この場合の「女の子」とは、私の思う「少女」ではなく、「女性」の指小形である）と見なされることの問題は、ジェンダー規範だけでなく、異性愛規範と恋愛伴侶規範にも関わってきた。

異性愛規範の支配する世界では、「女性」は「男性」にとっての性的対象であり、それだけでしかない。「女性らしい」とされる度合いが高ければ高いほど、「女性」としての価値、すなわち「男性」にとってのトロフィー的価値は高まる。「女性」に対しては、「男性」に欲望されるよう、「女性らしく」装え、という圧力がのしかかり、コスメ売り場にもファッション記事にも「モテ」「愛され」「男ウケ」といった言葉が躍る。そんな世界で、「女性」に見える服装をしていたら、男性から性的対象として見られる準備万端のサイン、と見なされてしまう。

「『女の子』として見られたくないなら、どうしてそんなに女の子っぽい格好をしているの?」と聞かれたことがある。恋愛感情を吐露されて、交際を断ったときだった。学部二年生だった。

「女の子っぽい」? 胸元はムーンストーンみたいなボタンと繊細なレース、ピンタックで装飾され、シルエットはちょっとケープみたいにゆるりと広がって、薄い生地が風にはためく白いブラウスに、やや広がった裾から白いレースが覗く、丈が長めのオリーヴ色のショートパンツの今日のコーデのコンセプトはどう見ても「貴族の少年」だろう、どこを見ているんだ、と私は憤然とした——というのは枝葉末節の部分で、その日のコンセプトが「お姫様」だったとしてもその言葉はあまりにも的外れだった。

性的対象として見られたくない、という言い方があまりに露骨に感じられて(性的なものを嫌悪している私に、直接的に「性」に言及することは難しかった)、「『女の子』として見られたくない」と言ってしまった私にも語弊を生んだ責任はあるにせよ、だ。

私は男性でも女性でもないし、男性にも女性にもそれ以外にも恋愛感情を持たず、性的な関心も湧かない。セクシュアリティで言うと、アロマンティック・アセクシュアルにあたる。他者への友愛とか親愛とか慈愛とか博愛といった感情は持ち合わせているが、恋愛や性愛はない(ないというか、実在を疑っているが、実在すると言う人もいるのでここでは文句はつけずにおこう）。今までもずっとそうで、不本意なことはなるべくしない主義なので恋愛も性も全力で回避して生きている。

でも、「女性のもの」とされるかわいい服を着て、それらを回避するのは困難をきわめた。一時は、「かわいい服を着ていたら、『私は女性で、異性愛者です』『どうぞ言い寄ってください』のサインになってしまうのか？　もっと所謂『中性的』な服装をしたり、おしゃれに無頓着そうな格好をしたりした方がいいんだろうか」と悩んだけれど、着る服について制限をかけられないといけないなんて理不尽だ。それに、「かわいい服を着ている」ことと「男性から性的対象として見られたいと思っている」ことの間には何の関係もないのに、男性から性的対象として見られたくない人がみなかわいい服を着ることを避けたら、結果的に「かわいい服を着ている」＝「男性から性的対象として見られたい」が成立してしまう。それはなんとしてでも阻止しなければ、かわいい服だってかわいそうではないか。

反逆としてのロリィタ

ロリィタファッションに憧れたのは、かわいく美しく、かつ「モテ」や「愛され」や「男ウケ」をきっぱりと拒絶していたからだ。

着る人も作る人も、「男性から」「女性として」「愛される」ことを目的としていない。そもそも何らかの目的のための手段としての装いではない。この装いは、それ自体が目的で、他の何物にも奉仕していない。この装いをすること自体が、お洋服を愛することであり、自分を愛することであり、それ自体で充足していて、他者からの愛とか承認なんて必要としていない（お洋服に愛されているとは感じるかもしれない）。

ロリィタ服には、「女の子らしい」と形容されるような要素がたっぷり詰め込まれている。フリルにリボンにレースにシフォン。でもそれは、「女性たるものみなこうあるべきだ」というメッセージを発してはいない。むしろ「女性たるもの……」といった価値観の信奉者なら引いてしまうだろう。この社会での「女性」は、控え目で謙虚で受け身であることが求められるし、何事も「ほどほど」が求められるから、「好きなもの、全部この手で摑み取りたい！摑み取りました！」と全身で主張しているような、「そんな服を着られるなんて、自分のことをかわいいと思っているんだ？」と言われたら、「当然」と誇り高く言い返すような装いはジェンダー規範とは食い合わせが悪すぎる。

そこにあるものを「女の子らしさ」と呼ぶとしても（呼ばなくていいのだが）、それは憧れとしての「女の子らしさ」であって、規範としての「女の子らしさ」ではない。「誰もが」「こうあるべき」というものではなく、「私一人が」「こうありたい」という理想であり、その中身は一人ひとり異なるのだろう。参照元をロココ調やヴィクトリア朝に求めてはいるが、女性への抑圧の厳しかったそれらの時代に帰りたいわけではなく、あくまでも理想化された・フィクショナルな・物語の舞台としての時代に生きているのであり、これらの服に身を包んだ人々はみなファンタジーの存在に変容しているのだ。憧れとしての「女の子」――というか「お姫様」や「お嬢様」、あるいは「魔女」や「妖精」や「人形」など、人によって様々――は、現実の社会のジェンダーとしての「女性」とはもはや関係を持たない。

だからロリィタ服は、着る人のジェンダーを問わない。ロココ時代の貴族の令嬢ではない人が着ているのだから、「女性」であるかどうかなど些細なことだ。

自己の理想を追求するロリィタ服は、現実への反旗だと言っていい。世界に自分を合わせるために服を着るのではなく、服を着ることによって自分の周りに物語の世界を立ち上げ、現実を歪ませる。

そういう美学や思想を、私も目に見えるところに掲げたかった。好きな服を好きなように着ることを諦めないまま、「自分は今、自分の意思に反するメッセージを発してしまっているのではないか」と悩まないで済むようになりたかった。[*1]

祖母と母の時代の「女性」

ところで、私の両親はおしゃれにあまり関心のない人たちである。

単に関心がないだけではなくて、そういうことに関心を持ち、時間やお金をつかうことを、あまり知的でない、俗っぽいおこないとして無意識に軽蔑しているところがあった。

両親は私とは四十歳近く離れているが、リベラルな考えの持ち主で、フェミニストであり、夫婦別姓を実践し、共働きで、家事も平等に分担している。「女の子だからこうしなさい」とか、「女の子だからこれはしてはいけない」とか言われたことは一切ない。弟に対して「男の子だから云々」と言っているのを聞いたこともない。「結婚しろ」とも、「孫の顔が見たい」とも言わない。

かれらは女性と知性が相反するものだとは決して思っていなかった。しかし、「女性的」なものと知性は相反すると思っている節があった。

特に母が、その時代に職を持って自立した女性としてサバイブするにあたって、いわゆる「女性らしさ」とされるものを忌避して来なければならなかったことは、想像にかたくない。ファッションにおいてもそうだったろう。

また、母は彼女の母親（私の祖母）とのあいだに確執を抱えていた。

祖母は大変な美人で、ハイカラな人であり、自分と二人の娘（母と叔母）の服を自分で縫い、お揃いで出かけることを好んだという。同時に、頭が良くてプライドが高く、苛烈な性格をしていた。頭が良かったのに女性だからという理由で大学に行かせてもらえず、そのために、自分だって大学に行けていたらこのくらいできた、という思いから、他者の能力を認めることができなかった。夫に対してもそうだったし、娘たちがどんなに優秀でも褒めてくれなかった。

美人の祖母と二人の娘がお揃いの手作りの服を着て歩いていると、街中でカメラマンに声をかけられることがあり、目立つのが好きな祖母はそういう時とても喜んだけれど、母と叔母は穴があったら入りたかったという。

その話を聞いて、子供だった私が抱いた感想は、「服が作れるお母さんがいるなんて羨ましいけどなあ」というのんきなものだった。ちなみに私は祖母に似ているのだそうだ。私は手先が不器用で服はまったく作れないが、似ているというのはわかる気がする。

もともと不仲だった一家は、母が大学生の時に住む家をなくして離散し、関係は修復されないままだったから、私が祖母と顔を合わせたのは亡くなる直前の一回だけだ。私はプライドの高い人が好きだから、祖母が違う時代に生まれて、大学のキャンパスなどで出会っていたら、友達になれたんじゃないか、などと思う。でも、身内として関わった母にとっては耐えがたい相手だったのは間違いない。

女性であるというだけで学ぶ機会や自立の術を奪われ、恨みを抱えていた祖母に残された楽しみがおしゃれしかなかったのなら、祖母と同じ人生を歩みたくなかった母がおしゃれを敬遠するのも、ことに「女性らしい」とされる装いを、大学に行き知的な職業に就くことと相反するもののように感じるのも、無理からぬことである。母は研究のため一年間インドで暮らし、真っ黒になって帰って来るような人で、若いときは服を二着だけ持っていて、毎日洗濯をしてかわるがわる着ていたという。

両親は私をなるべく飾り気のない、中性的な、ボーイッシュな子供に育てたがった。髪は伸ばさせてもらえなかったし、スカートよりはズボンを、ピンクよりは青を着せたがった。そこには単なる趣味も反映されていて、父は『リボンの騎士』が好きだったし、くせっ毛の私の髪は短く切るとくるくるになって、『リボンの騎士』のサファイヤによく似ていたのだ。

そんな両親に反発するように、私はフリルやリボンやレースが大好きな子供に育ってしまったのだから、ままならないものである。

だから、私は子供の時、あんまり好きな格好ができなかった。できる範囲で自分の好みの服を選んではいたが、両親はそもそもあまり服を買いたがらなかった。間違っても、シャーリーテンプルのお洋服を着せてもらえるような子供時代ではなかった。

ロリィタにはまって、ブランドの展示会にお邪魔したとき、「子供の時はかわいいお洋服を全然着させてもらえなくて」「この年になってようやくロリィタを着られるようになった」と話したら、デザイナーさんや周囲のお客さんたちが、「ここにいる人みんなそうだよ！」「三十歳過ぎてからが本番だよね」と口々に励ましてくれたことがある。

「子供の時は『女の子らしい』格好ばかりさせられて、不本意だった」という話は友人などからよく聞いていたものの、逆のパターンを経験した人にはほとんど遭遇したことがなかったので、はじめは少し驚いた。

でも腑に落ちた。ロリィタ服は、親によって着せられる服ではないのだ。誰にも強いられず、必ず、自分の意思で選び取って着る服であること。それがとても重要なのだと思う。他者からの眼差しなんて蹴飛ばして服を着ることが。

私はロココ時代のフランスにもヴィクトリア朝のイギリスにも生まれなかった。ロリィタ服のインスパイア元になったような、華やかで美しい衣服が（一部の特権階級によって）着られていたどんな時代のどんな国にも生まれなかった。それでよかったと思う。それらの衣服が、規範として、抑圧が形になったものとして、着せかけられるものでなくてよかった。男性の心を射止め、結婚するために、そうした衣服を着ることを強いられずに済んでよかった。もしそんな社会に生まれていたら、私はせっかくの美しい衣服を憎んだであろうから。

あるべき世界では、私はずっとこんな服を着て生きてきた――と最初に書いたけれど、この世界では、この服に巡り会えるまでにこれだけ時間がかかって、きっと、よかったのだと思う。それは自分で自分の服を迎えに行けるようになるまでにかかった時間なのだから。[*2]

＊1 自分の好きな要素を突き詰めたところに、自分の価値観にそぐうファッションがすでに結晶していたことは私の幸運であって、このような思想を持っている人がみなロリィタ服を好むものだ／好むべきだとは、無論まったく思わない。ジャンル的には「コンサバティブ」と称されるお洋服を積極的に好む人が思想的には全然コンサバティブではないことなんていくらでもあるだろう。

＊2 資本主義社会において、働いてお金を得るというのは、立場の弱い人であればあるほど困難なことだから、働いて、お金を得て、ものを買う、という営みを全面的に礼讃する気はまったくないのだけれど。

#2

姫は番わない

『美女と野獣』のオーディション

保育園のお遊戯会で、『美女と野獣』の劇を上演することになった。

私はどうしてもベル役がやりたかった。ベル役に立候補した子は多く、オーディションが開催されることになった。

ベルの台詞を一番大きな声で言えた子が選ばれるルールだ。台詞は「ガストンやめて！」。

広い部屋の端から、もう一方の端に立つ先生たちに届くように声を張り上げる。

その頃の私は、他の子供たちより頭ひとつ分くらい小さくて痩せていて、集合写真を見返すと、自分で自分の存在を見落としそうになるほどだ。みんなの遊びの輪にも入らず、いつも一人で本を読むか本を作るかしていて、蚊の鳴くような声で話した。けれどその日、誰よりも大きな声を放って先生たちを驚愕させ、見事ベル役を勝ち取ったのは私だった。

ベル役をやりたかったのは、あの黄色いドレスを着たかったからだ。私は絶対にお姫様になりたかった。お姫様の、綺麗なドレスを着たかった。

当時知っていたディズニー映画――『白雪姫』や『シンデレラ』や『眠れる森の美女』――の中で、『美女と野獣』が一番好きだった。好きだったからベル役をやりたかったのか、ベル役をやることになったから『美女と野獣』を特に好きになったのか、もう思い出せない。

でも久し振りに見返すと、自分の好きだったところがわかる。

一番は、ベルのキャラクター造形だ。無類の本好きで、周囲からは変わり者と見なされて浮いている。ベルが本を読みながら脇目も振らず歩いていると、周囲では「風変わりな子だよ、ベルは」という合唱が巻き起こるのである。私自身、本が大好きで、本以外のものに興味がなく、周りからは完全に浮いていて、友達は一人もいなかった。こんなに共感できるディズニープリンセスは他にいなかった。

しかもベルは、言い寄ってくるガストンを毅然と拒絶する。それがかっこいい。本にしか興味がないから、男など眼中にないのだ。オーディションで使われた台詞「ガストンやめて！」、これは作中最も実用性の高い台詞なのではないか？　幼児にこの台詞を大声で叫ばせたのは、不審者に遭ったときのためだったのでは、とすら思えてくる。

野獣とのロマンス要素も当時は好きだったと思う。ロマンス自体には興味はなかったけれど、顔がいいだけの中身が空っぽな初対面の王子様が助けてくれて結ばれるのではなく、容姿に関係なく時間をかけて心を通わせあい、対等な関係を築き、どちらかといえば女性の方が相手を救ってハッピーエンドになるのはよかった。とにかく「美男美女が一目で恋に落ちる」話に辟易していたのだ。

でもそれよりも、人間じゃなくて、獣の方が好き、ということだったのかも。魔法のかかった古城で、野獣と一緒に暮らすのは素敵。最後に野獣が王子様になっちゃうのは全然素敵じゃない。

あと、野獣からのプレゼントが大きな図書室というのが素晴らしい。こんなに嬉しいプレゼントが他にあるだろうか。私はずっと、梯子の取り付けられた背の高い書架に憧れ続けている。

今なら、野獣とのロマンス要素はいらないなと思う。最初の野獣の態度はあまりに横暴で、ここから対等な関係を築けるとは思えない。ここから愛し合うに至るのはストックホルム症候群としか思えなくて心配になる。相手の美醜を気にせず愛する役を担うのは女性の方だけで、女性は「美女」であることを求められるのも理不尽だ。

でもベルの黄色いドレスはかわいい。

私の一生に一度の大声は本当にその時だけで、劇の稽古ではオーディションの時が嘘のように小さな声しか出なかった。仕方なくベルの役は前半と後半で二人に分けられることになった。私が演じたのは前半だったので、結局ベルの黄色いドレスを着ることはできなかった。

私はずっとお姫様に憧れていたのだけど、王子様と結ばれたかったわけではない。王子様なんか眼中になかった。邪魔だという気持ちも湧かないくらい、存在を意識していなかったと思う。

王子と怪物のマッチポンプ

大学に入って、新しくできた男性の友人に、付き合ってほしいと言われた。なぜ友達ではいけないのかと聞くと、守ってあげたいからだと言われた。守るって、何から？　中世の騎士じゃあるまいし。女性より男性の方が強いのは腕力だけだし、この文明社会において腕力で解決するようなことがそんなにあるだろうか。すると、他の男からだと言われた。付き合っている男性がいれば、他の男が言い寄ってこなくなるから、と言うのだった。恋愛には興味がない、誰とも付き合いたくない、誰からも言い寄られたくなんかないと私は言った。でもこのまま、恋人を作らずにいる限り、言い寄られ続けるよ、と彼は言った。それが嫌なら、今僕と付き合った方がいい。それってヤクザの理論じゃない?と私は思った。マッチポンプと言ってもいい。

彼は繰り返し私に言い寄ってきたし、セクシュアルハラスメントもしてきた。守ってくれなんて頼んでない、あなたが私を守ろうとしているその相手は、あなた自身だ。あなたが加害をして来なければ私はそれで平穏で、誰にも守られる必要なんてない。

お姫様を守る王子様と、お姫様を脅かす怪物は、同一だったのだと知った。怪物がいなければ王子様業も成り立たない。たくさんの怪物=王子様がお姫様を脅かして、お姫様はそのうちの最もましな一人を選んで自分の王子様にして、他の怪物から守ってもらう代わりに王子様の支配下に入るしかない。お姫様は結局監禁される。そこに怪物の塒《ねぐら》という名前をつけるか、王子様のお城という名前をつけるかが違うだけ。そしてそれは、青髭の城だったりする。夫に殺された女性たちの死体が隠されたお城。

もともと王子様なんて興味がなかったけれど、「お姫様」をめぐるその構造に気付いた時、深いショックを受けたのだった。

怪物と王子様の共謀関係に巻き込まれて、そのようにしか成立しない「お姫様」が、汚されてしまった気がした。

私は、王子様も怪物もなしに、一人でお姫様になりたいのだ。

ウェディングドレスのない人生を生きる

保育園の頃、将来の夢を聞かれて「花嫁さん」と答えたことがある。と言っても、将来の夢は、作家、大学の先生、博物学者、本屋さん、お花屋さん——など色々あったから、「花嫁さん」は一度そう答えただけだったように思う。

幼い頃の私は、「花嫁さん」を、「綺麗なドレスを着る人」だと思っていたのだ。一つ違いの姉に、花嫁さんっていうのはドレス着るだけの人じゃないんだよ、と言われて、えーじゃあいいや、と思った。

私は結婚をするつもりがない。恋愛にも、性的関係にも、興味がないどころか嫌悪を覚えるからだ。

子供の頃は、自分も大人になったら親と同じように結婚して家庭を持つのだと思っていた(正確に言うと、両親は「結婚」という形態を取っていないらしい、と知ったのはもっと後になってのこと)。しかし高校生くらいになって、どうやら結婚というのが自分の嫌悪する恋愛や性的関係の延長線上にあるらしい、と気付いたとき、じゃあいいや、結婚はしないで、と思った。

厳密に言えば、結婚が必ずしも恋愛や性的関係の延長線上にあるとは限らない。恋愛抜きの結婚というのは、そこそこ市民権を得てもいる。しかし性的関係抜きの結婚というのは今のところあまり理解が得られていないから、その関係に同意する人と出会うのは困難だろうし、条件ありきで相手を探す気にはならない。そのあたりのハードルを乗り越えたとしても、異性の一対一の組み合わせのみが法的に優遇される制度、様々な差別や搾取の温床である家父長制の枠組みに乗っかりたいかというと、全然。むしろ破壊したい。たまたま異性の友人と、人生のどこかで合流して、お金に困っていて、形式的に婚姻届を出すと税金が安くなる、となったときにその選択肢を絶対に取らないとも言えないけれど、それを「結婚する」と呼ぶかというと、まあ結婚の定義によるかなと思う。

そもそも、結婚が人生を共にする伴侶を得ることならば。私が人生を共にしたいのは、迷う余地なく、今までもずっと一緒に生きてきた姉なので、私の人生に結婚が入る余地はないのである。

そういったわけで結婚には何の興味もないが、結婚にまつわるものの中に未練のある部分もないわけではなくて、そのひとつが「ウェディングドレス」である。

ウェディングドレスは美しい。こんなに美しいものが結婚式のためだけに作られているなんて口惜しいことだ。自分の人生の関係者全員呼んでパーティして、綺麗なドレス姿をお披露目して祝ってもらえるなんて、その点だけは結婚する人が羨ましい。

私は成人式にも大学の卒業式にも出なかった。成人式の振り袖や卒業式の袴にお金を出す家ではなかったし、普段着で行く気にはなれなかったから。男性は成人式にも卒業式にもスーツで出る人が多いけれど、女性は盛装で出るのが慣わしのようになっていて、おめかしをせずには行きづらい（その空気は、おめかしをしたい男性にも、おめかしをしたくない女性にも息苦しいものだと思う）。振り袖を着てみたいと親には言わず、成人式の半年も前からFacebookに流れてくる前撮り写真から目を逸らし続けていた私に、親は当日「今日成人式行くの？」と声をかけてきて、その浮世離れの度合いは微笑ましいくらいだった。

それなのに、成人式の前後は周囲から「振り袖の写真見せてよ」とよく言われる。振り袖着てないです、と言うと、「えー絶対似合うのにもったいない！」と残念がられた。絶対似合うのなんて私が一番わかってるんですよ。

式服とか礼服とかいったものも子供の頃から好きだった。特別な日の、かちっとしたおしゃれはかっこいい。保育園の卒園式および小学校の入学式の時すでに、この式典に参列している子供たちの中で、自分だけが式服を着ていないことに気づいていた。私だけが普段着で参加していた。着る機会が他にないそんな服を買ってもらえることはないとわかっていたから、ねだることもなかった。同じくそういう服に憧れがあった姉と二人でこっそり、「式服とか礼服みたいなの、いいな……」と言い合うくらいだった。

伝統行事と呼ばれる因習的なものを全部無視する家なので、七五三もやらなかったし、装いとは関係ないけど雛人形もない。両親のそういうところは好ましいのだけれど、綺麗な衣服を身に着ける特別な機会というのがまったくなかった。

こうしてあらゆる式典をスルーしてきて、結婚式ももちろん無縁である。

京王百貨店新宿店の催事場で、年に一回くらいだろうか、「貸衣裳大処分市」という催しが行われる。レンタル用としては古くなった、でもまだまだ着られるウェディングドレスやカラードレス、タキシードなどを格安で買えるセールである。ウェディングドレスが、安いものなら三千円くらいから、高くても三万円くらいで売られている。

友人たちと何度か行ったことがある。ウェディングドレスが着たかったのである。ある時は、試着したいと言ったら店員さんに「式のご予定は?」と聞かれ、まごまごしていると「あ、冷やかしか」という雰囲気になった。実際、周りには具体的に式の相談をしながらドレスを選んでいる人もいて、店員さんがドレスの着付けを手伝っている。結婚を考えている人じゃないと着ちゃいけない感じなのかなと、思った。

冷やかしのつもりはなかった。本当に気に入ったものが予算内で見つかったら買いたかった。でも狭い部屋の中でも街中でも着られないようなボリュームのあるウェディングドレスを、パーティの予定もなく買うのはあまり現実的ではなかったから、冷やかしも同じことだったのかもしれないし、店員さんから見たら迷惑だったのかもしれない。それでも一度、スパンコールのいっぱいついた真紅のドレスを買う直前まで行った。着たらあまりにもしっくり来たので、「もうこれが普段着でいいんじゃないか?」という気持ちになったのである。しかしその日は手持ちがなく、後日再訪したらもう売れていた。

店員さんに放っておいてもらって、女の子三人でウェディングドレスを着て、背中のボタンを留めたり紐を結んだりするのを互いに手伝い、似合う、素敵、とはしゃぐのは、家父長制的な婚姻制度に中指を突き立てる行為のようで最高に楽しかった。ハイネックとレースの長袖が貴族的な白いドレス、花の刺繍が可憐なAラインドレス、段フリルが豪華なボルドーのドレス、濃いグレーに花模様のシックなドレス、どれも私たちによく似合っていた。

私の人生に現れたパーティ:アイスブルーのドレス

そんな私に、ドレスを着てパーティに出る機会が訪れた。二〇一八年、「歌壇賞」という短歌の新人賞を受賞したのだった。その授賞式が行われるのである。

私はその賞金で、授賞式用にとびきり華やかなドレスを買うことに決めた。最高に美しくて、最高に自分に似合うおめかしをするのだ。自分の力で勝ち取ったお金で買った、自分に最高に似合うドレスを、自分のために用意された場で着る。

友人たちに付き合ってもらって、色んなお店で色んなドレスを試着した。最終的に、音楽活動をしていた友人に教えてもらった、演奏会用のドレスが安く買えるお店で、引きずるような丈のアイスブルーのドレスを買った。氷のようにつめたく冴えた青の中に、星のようなきらめきが見える。それを着た私は、氷の女王か雪の妖精のようだった。

今まで参加した授賞式で、こんな派手な装いをしている人を見たことはなかった。皆が見ている中で、こんな目立つ格好をする勇気が私にあるだろうか？と何度か自分に問い直したけれど、妥協したら絶対に後悔するとわかっていた。

髪には花を飾りたい。美容院の情報サイトで、ヘアアレンジの作例を大量に眺め、生花を使ったものをブックマークしていく。一番気に入ったところでヘアアレンジを頼んだ。ドレスの色に合わせて、青や水色を基調とした花を、髪にふんだんに飾り、メイクも寒色を基調にしてもらった。

主役なのだから当然とはいえ、注目を一身に浴びるのは緊張した。

いいことばかりではない。年配の女性に「綺麗ね〜、娘を嫁にやるみたいな気持ちだわ」と言われたし、初対面の男性に「がんばれよ」と言いながらオフショルダーのドレスから出た肩を叩かれたときは、咄嗟に目を見開いて相手の名札を凝視することしかできなかった。

授賞式には姉と両親も招待した。両親もたいへん楽しんでいたようだけれど、姉がすごく喜んでいたのが特に嬉しかった。姉は、当日までは「受賞はめでたいけど、人が多いところに出ていくのはなあ……」という感じだったのだけど、ドレスを着た私を見て、慎重に言葉を選びながら、『娘の晴れ姿を見る』というのが親冥利に尽きる幸せみたいに言われてて、そういうもんかなあ～と思ってたけど、今日この場に来るまで、妹の晴れ姿を見るのがこんなに嬉しいとは思わなかった、それはもちろん、望まなければ全然やらなくていいことなんだけど、君が自分の力で勝ち取った場で、自分の意思で選んだ、自分で着たかった、自分にとてもよく似合うドレスを着てとても美しいのが見られて、本当に嬉しいし、誇りに思う」ということを言ってくれた。そして私の友人たちに妹がどれだけ可愛いかを力説したり、私のドレス選びに付き合ってくれた友人に「素晴らしいドレスを選んでくれてありがとう」とお礼を言ったりしていて、私はそんな姉が可愛いなあと思った。

まあ、結婚しない人生を肯定するのにいちいち受賞する必要があったら難儀で仕方ないのだけど。

私の人生に現れたパーティ：ローズピンクのドレス

数年して、再び授賞式の機会がやって来た。歌壇賞を受賞した連作と同じ題名で、二〇二〇年にはじめての歌集を上梓して、翌年その歌集が「現代歌人協会賞」という賞を受賞したのである。

今回もドレスを着たい。前回のドレスは冴えたアイスブルーだった。装幀家の方に全面的にお任せした歌集の表紙も、その時のドレスを見てきたかのような凜とした淡青だった。今回はせっかくだから印象をがらりと変えたい、と思った。赤とか黒とか、強い感じがいいだろうか。ピンクもいい。ピンクは一番好きな色だけれど、ピンクを着ると「女性」という役割に従順に乗っかる人間だと思われがちだ。そういうイメージを避けたいから、本の装幀などにも使いづらい印象がある。でも歌集を出して、自分の作品をまとまった形で読んでもらえるようになったから、もうあまり誤解を恐れなくてもいいかもしれない、と思う。ふんわりと優しいピンクではなく、アクセントのある強いピンクならなおいいだろう。

今度こそウェディングドレスを着てみようか、と私は思う。歌壇賞の時も、ヴィンテージのウェディングドレスを候補に入れていた。微妙にサイズが合わなくてやめたけれど、結婚式ではない場面で、ただただ美しい衣服としてウェディングドレスを纏うのは、美しい衣服に被せられた意味づけを解体するという点でも、意義のあることに思える。

けれどドレスレンタルのお店のサイトを巡ってみるも、当然ながら結婚式で着ることを前提として貸出方法や日程が設定されているし、結婚するつもりのない人がお店に行ったら向こうも多分困惑するだろう。「幸せなお二人のために」といった文言を見ているだけでうんざりしてくるし、「自分が主役になる、最初で最後の機会」なんて書いてあった日には、「自分の人生の主役はいつだって自分だ！」と心の中で叫んでウィンドウを閉じてしまう。

京王百貨店新宿店の貸衣裳大処分市が今年も開催されるという情報を目にしたのはそんな折だった。これだ。ついに貸衣裳大処分市で大手を振ってドレスを買う機会が舞い込んできたのである。

友人に付き合ってもらって、京王百貨店へ。布であふれんばかりになった広い会場の中で目に飛び込んできたのは、濃淡とりまぜたピンクのランダムなフリルが幾重にも重なって足元まで雪崩れ落ちる、薔薇の花弁そのもののようなドレスだった。ピンクはまさしく薔薇色の濃淡のヴァリアントといったところで、夢のような色合いでありながら、濃い部分はかなりくっきりした色なので、全体の印象が「強い」ところも気に入った。主張の強い、我の強いピンク。大人しいとか従順とか思われない、輪郭のくっきりしたピンク。誰かに気に入られるためではなく、ただただピンクが好きで選んだんだなと一目でわかるような色だ。同時に、そのヴァリアントの中には儚げなピンク、可憐なピンク、キュートなピンクもいて、それを強いピンクが、消費されることから守っているのだった。

結婚披露宴用のカラードレスなので、ボリュームも丈もしっかりあって、お値段は九千円。これでも貸衣裳大処分市では高い方である。

美しいドレスを着て、受賞スピーチでは「美しさ」についての話をした。

歌集を編み始めてから、あるいはそれより前、歌壇賞をいただいた頃から、自分の歌は美しすぎるのではないかと思い始めました。

「真善美」という言葉があります。私は真と善を求めているつもりでしたが、自分の価値観の根本には美意識があるのだと気付きました。

でも、美とは何でしょう。私は、美を最上の価値として無邪気に掲げることはできません。

歴史上、数々の芸術が女性を美のアイコンとして用いてきました。そうした芸術は、女性を人格あるものとして認めませんでした。そのことは、女性への抑圧であり搾取でした。

何かを、美しいと思うことは、つねに対象への搾取なのだと思います。

それを、若い女性として私はずっと感じてきました。

対象が人間でなければ搾取にならないわけではありません。動物に対しても、植物に対しても、風景に対しても、その美しさを愛でることは誰からも許されていないと思うのです。人間はその美しさを愛でることで対象に権力を振るい、支配してきたからです。

女性が人間ではないものとされ、暴力を振るわれてきたのと同じように、人間は人間以外のものに暴力を振るってきました。

言葉の美しさを愛することだけが、その罪から自由であるとは言えないだろう、と次第に私は思うようになりました。

また、私の歌が多くの人から見て疑問の余地なしに美しいとしたら、それは私の歌が既存の美の価値観に則っているということです。そして、既存の美の価値観とは、他の多くの既存の価値観と同様、差別的なものです。それは美しいものと美しくないものとを区別し、美しいとされたものを搾取し、美しくないとされたものを貶め、両者の間を分断しているからです。

歌を続け、次第に上達し、自分の望むような美しい歌を作れるようになってきて、私はそれがほんとうに美しくていいのか、と思うようになりました。

そんな迷いの中で、だからこそ、今まで作った歌をひとつにまとめ、歌集という形にしたいと思いました。

これから自分がどこに進むのか、どこに進んだらいいのか、わからなくなったからこそ、次に進むために今までのものを完成させたかったのです。

それでも、私の拠り所はこれからも美なのかもしれません。

美しさを愛すること、美しいものを作ること、それをやめなくてはならないと言うつもりはありません。ただ、美を求めることの罪深さを、葛藤を、見つめ続けなくては次に行けないと思うだけです。

これから自分がどこへ向かうのかわかりませんが、これからも見守っていただければ幸いです。


この話をするためにも、私は自分にとっての思いっ切り美しい格好をして出ていかなくてはならなかったのだ。美しさを愛してしまうことと、美しい存在と見なされることの苦しさに、今しばらくは引き裂かれたままであるために。


それまでの私は、お姫様になりたい自分、男の子になりたいとは思わない自分に少しだけ引け目を覚えることがあった。それはどこか軽薄で愚かなことのように思えたのだ。

けれど、私は生まれつきのお姫様ではない。血統や家柄の力でお姫様になったのではない。自分で自分をお姫様にするのだ。お姫様になりたいなどという、人に言ったら馬鹿にされそうな願いをちゃんと守り続けて、自分の意思で選んだお洋服を、自分で稼いだお金で買って、着るのに勇気が要るこのお洋服を身に纏って、堂々と頭を上げて歩いていくのだ。それは、とても気高いことだと思えた。

私はもう自分を恥じないし、隠さない。誇って生きていける。

#3

人形は頷かない

＊性被害についての具体的な描写が含まれます。読むかどうか判断する際には、ご自分のお気持ちを大切にしてください。

薔薇色の脚のドレス

その服の画像を一目見て、「薔薇色の脚だ」と思った。
ATELIER PIERROTの姉妹ブランドであるVallée lysのノネットジャンパースカートだ。編み上げ式できゅっと締まったコルセットタイプの身頃に、ソフトチュールとシフォンのフリルが幾重にも重なってふわりと広がる、イレギュラーヘムのスカートが一体となったそのジャンパースカートは、バレリーナのチュチュを髣髴とさせ、中でも華やかなピンクのカラーは、個展で見たばかりの中川多理の「薔薇色の脚」の人形が身に着けていた衣装によく似ていた。

「薔薇色の脚」というのは、幻想小説家・山尾悠子のデビュー作「夢の棲む街」に登場する踊り子たちである。下半身のみが異常に肥大し、上半身は萎びきった、踊りのために特化した身体にさせられた女性たちが、その見事な脚を覆うピンク色のタイツにちなんで「薔薇色の脚」と呼ばれている——という、なかなか凄絶でグロテスクな設定であり、そこには女性を性的対象としてモノ化する眼差しが描き出されているのだが、中川多理の手によるこの踊り子の人形第一号は思いの外可憐な少女だったので驚いた。

ピンクのチュールと撒き散らされた薔薇の花弁の中に、ピンクのチュチュを纏ったその少女はいて、私は「薔薇色の脚」をあまり薔薇色として思い描いていなかったことに急に気づいた。もっと薄汚れてなまなましい「肉色」のイメージだった。しかし展示会場で目にしたのは無垢な、愛らしい薔薇色で、それは私の好きな色だった。

その可憐さ、愛らしさは、痛ましかった。「薔薇色の脚」を私は理解しているつもりでいたけれど、こうして人形として可愛らしい顔を持って現れてはじめて、客体化のきわみにいる彼女たちも自分と同じ生きた人間なのだということが胸に迫ってきた。「薔薇色の脚」を作り出し、鑑賞する欲望を、私はどこか自分とは切り離されたものとして見ていなかったか。しかし「薔薇色の脚」を可愛いと思ったとき、自分もまた他者の美しさを、可愛さを、搾取する存在であることを、同時に美しく可愛いものにみずからなろうと願ってしまう存在であることを、突き付けられたのだった。彼女たちの名前に冠された色が、少女性・女性性の象徴とされがちなピンクであることも、故なきことではない。私もまた、すでに薔薇色の劇場に上げられているのだ。

そんな「薔薇色の脚」とおそろいの服が着たいというのは倒錯した憧れに違いない。ピンクのノネットジャンパースカートを一目見て可愛いと思い、ほしいと思った気持ちの何割かを、「薔薇色の脚の衣装だ！」という気持ちがたしかに占めていた。

服を単体で見るよりも、物語や詩的な文脈の中に置いたときの方がときめきを覚えるのだけれど、「薔薇色の脚」に対してもそれが発動するなんて思わなかった。「薔薇色の脚」になりたいとは、無論、全く思わない。他者の欲望の対象になるなんて御免だ。ことに、人格や頭脳を無視され、下半身だけをクローズアップされた存在になるなんて。

でも、美しい、可愛いと見なされることはたしかに痛みを伴っていて、美しいもの、可愛いものに惹かれる思いは罪悪感を伴っていて、みずから美しく可愛くなりたいと思うだなんてみずからを搾取するような倒錯的なことで、そんな矛盾した世界にいるからにはその矛盾すべてをひっくるめて纏っていたいと思ったのだ。

次に「薔薇色の脚」の展示があるときは、この服を着て人形たちに会いに行こうと思いながら。

人形の身体を求めて

二〇二二年三月、閉館間近のショッピングモール「ヴィーナスフォート」で開催された、「Gothic & Lolita & Kawaii Thankfull Carnival」というイベントに遊びに行った。

ロリィタアイテムの即売イベント「ゴスロリマーケット」が提供する物販ブースでは、思わずいろいろなアクセサリーやお洋服を買ってしまったのだけれど、そのうちのひとつがmillnaさんの「ネジマキドールベルト」だった。装着するだけで背中にネジのついたぜんまい仕掛けの人形になれるベルトだ。ロリィタを始める前からネットで知って強く心惹かれていたけれど、その頃は憧れた衣服やアクセサリーを自分の手に入れるなんて、まるで現実的に思えなかった。

millnaさんは以前人形の着ぐるみを着たモデル「橋本ルル」の活動をしていた。橋本ルルがアイドルオーディション「ミスiD」に登場したときは、アイドルや芸能界のことはよくわからない私も、驚き、共鳴した。人形になりたいという、口に出したら笑われそうな願いを、こんなにまっすぐに表現し、実現する人がいるなんて。

物販ブースをひとつひとつ見ながら歩いていて、millnaさんのブースで声をかけられ、「あ、ネジマキドールベルト作ってらっしゃる方ですよね！」と言ったら、「今日も持ってきてますよ！」と言われて、見るとたしかに机の上に、さっきまで見逃していたネジマキドールベルトが置いてあった。

買ったばかりのこのベルトを身に着けて、コンテンポラリーダンスの公演を観に行った。「カラス・アパラタス」というスペースで、勅使川原三郎と佐東利穂子の二人のダンサーが行っている、「アップデイトダンス」というシリーズだ。中川多理の展示を開催している「ステュディオ・パラボリカ」のデザイナー、ミルキィ・イソベさんに招待してもらって、前年『No.85　プラテーロと私4』を観たのが最初の出会い。

『プラテーロと私4』を観た時はちょうど『現代詩手帖』からの依頼に頭を悩ませていた。「定型と／の自由」と題された特集の中の、歌人や俳人が自由詩を書くという企画だった。高校生までは詩も書いていたのだが、大学に入り短歌に出会ってからは遠ざかっていた。久しぶりに詩を書こうとすると難しくて、何も思い浮かばなかった。その理由のひとつとして、短歌について勉強すればするほど、それと同じくらいには勉強しないと詩を書いてはいけないと思うようになっていたことが挙げられる。

『プラテーロと私』は、スペインの詩人フアン・ヒメネスによる散文詩集である。それを舞台上で勅使川原三郎が朗読し、佐東利穂子が無言で踊る。ヒメネスの詩は驚くほどすっと心に降りてきた。その夜、私は詩を書くことができた。出来上がった詩は、短歌の後輩に「あまりよくない、わかりやすすぎる」と評されたし、私もそう思うけれど、割と気に入ってもいる。

ネジマキドールベルトを身に着けて向かったのは、『No.92　ペトルーシュカ』。元はストラヴィンスキーの作曲によるバレエ作品で、主人公は操り人形のペトルーシュカ。操り人形とねじ巻き人形の違いはあれど、人形になりきるファッションをして出かけるにはぴったりではないか。

おどろおどろしい雰囲気の作品らしいので、服はTriple*fortuneの展示会で手に入れてまだ着る機会のなかった、ワインレッドのゴシックなドレスを。

たっぷりとした全円スカートに、ボリュームのある姫袖。ネジマキドールベルトのベルト部分をウエストに巻いた共布のスカーフで隠して、背中のネジだけを見せる。会場で後ろの観客の邪魔にならないよう、髪飾りは黒い百合のコサージュだけ。いつも以上にドラマチックな装いにした。

勅使川原三郎演じる操り人形のペトルーシュカは、佐東利穂子演じるバレリーナ人形に恋をしている。この悲恋が話の主な筋なのだけれど、バレリーナ人形が人間のバレリーナのようになめらかに踊るのに対して、ペトルーシュカの動きはひどくぎこちない。このぎこちなさが凄まじいのだ。操り人形は外から操られている存在であり、自由には動けない。だから人間らしくない動きをするのだけど、人間らしくない動きというのは人間にはできない動きでもあって。そんなところが曲がるの、という動きをしたりする。自分の身体の、思うに任せなさ、不随意さを表現するために、常人にはできないほど身体を自由に操り、そんなところ動かせたっけ、というところまで随意に動かしてみせるのだ。そこまで至ってはじめて可能になる、自分の身体を自分の意思で動かせないことの苦しみの表現があった。『No.91　子供の情景』でも、『No.90　オフィーリア』でもそうだった。自由に動かせない身体、勝手に動いてしまう身体の表現。

それまで、ダンスには興味がありつつ縁遠くもあって、その両方の理由が「身体」にあった。私は「身体」を憎んでいて、だからこそ身体を使った表現を理解したい気にも、理解できない気にもなる。「身体」はよく「言葉」と対比される。そういうとき、言葉は虚辞であり、身体こそが「リアル」とされる。言葉は世界を分節してしまうけれど、身体は文節される前の世界を生きている、と見なされる。そういう考え方が私はとても苦手なのだ。

「アップデイトダンス」の根底には言葉がある。そこが好きだ。詩の朗読に合わせて踊る『プラテーロと私4』は一番わかりやすく、言葉の在り処を示していた。詩の言葉が踊る身体を導き、何もない舞台上での踊りが詩の言葉によって鮮やかに遠い国の情景に変わり、しかし踊りは時に言葉を追い越し、朗読が終わった後の長い沈黙の中を、意味と無意味の間を彷徨いながら踊りは続く。詩と踊りが同じ情景を見せているようでもあり、密かに裏切り合っているようでもあり。

『ペトルーシュカ』でも『子供の情景』でも『オフィーリア』でも、身体は不自由だった。伝統的な踊りでは身体に制約などないかのように見せることを目指しているように思う。『ペトルーシュカ』に出てくるバレリーナ人形などはそういうなめらかな踊りを見せる。けれどペトルーシュカは自分の身体の中に閉じ込められていることがいかに絶望的であるかを全身全霊で表現するのである。

四月、再びゴスロリマーケット。今までポップアップショップに行ったことはあったけれど、年二回開催されるというゴスロリマーケットそのものに参加したのははじめて。これはもう、ロリィタのコミケ。と言ってもコミケに参加したことはないのだけど。

ここで私が購入したのは、「タブロヲ」の球体関節ストッキングとグローブ。ストッキングと、ストッキング素材のグローブに球体関節が描かれていて、身に着けると球体関節人形になれる。これもロリィタを始める前から気になっていたアイテムで、ロリィタを始めてすぐ通販で安い球体関節ストッキングを購入したのだけれど、後になってオリジナルはタブロヲの作品で、他のものはコピー商品らしいと知り、ちゃんと本家の商品を買いたいと思っていた。が、どうやったら買えるのかなかなかわからず、今回の即売会でようやく巡り会えたのだった。

球体関節とネジ巻きのある身体になりたいなんておかしな話なのだろう。人形は読んで字の如く人間を模《かたど》って作られているのに、人間が人形のようになりたいと思うのも不思議だし、それは必ずしも理想的な美を手に入れたいという意味ではなく、人形が人間に近づくためにに備えたはずの、人間にはないネジ巻きや球体関節、その仕掛けの部分をほしがるのも転倒している。ネジも球体関節もなくても動ける身体なのに、まるでネジや球体関節によって動いているかのように装いたがる。それは不思議な憧れで、きっと倒錯しているのだけれど、美しくなりたいとか完璧になりたいとか、そんな単純なことではないのだ。

魂の水晶の函

人形になりたい、というのは、誰かの思い通りになる従順な客体になりたい、という意味ではない。

自分の言う、「人形になりたい」の意味がわかったのは、ある男性に性的加害を受けていた時だった。

私は中高一貫の女子校を出て、共学の大学に入ったところだった。女子校「だから」恋愛はなかった、と言ってしまうのは異性愛中心主義的な物言いだと思うのだが、少なくとも私は女子校で恋愛とは無縁の生活を送った。私は恋愛には興味がなく、興味がない人はこれからも恋愛とは無縁でいられるものと思っていたが、そうではなかった。大学に入ってみると、新入生たちは厳しい受験勉強を乗り越えて今こそ恋人を作り、青春を謳歌しようと息巻いていた。その大学には男女別学出身者が多く、そのためもあってキャンパスにおける異性の――ことに男性にとっての女性の――存在は、「いろどり」「うるおい」と見なされていた。

私もそんな、誰かの青春をいろどるために摘み取られるのを待っている花のひとつに数えられた。多くのアプローチを受けたし、恋愛的なアプローチというのは、ストーキングやDVや性暴力と一直線で繫がっている。

その中でもある同級生から受けたアプローチは、性暴力すれすれ、というかもう性暴力だったと言ってよいと思う。

でも私にはわからなかった。性暴力であるということだけでなく、それがどういう機序で、どういう関心に基づいてなされる行動であるのかもわからなかった。私には恋愛感情がなかったし、知人たちが恋愛の話をしているところにも加わらなかったし、漫画やドラマや雑誌にも触れていなかったし、恋愛小説にも興味がなかったし、恋愛に関するおよそあらゆる言説と無縁だった。他者に対する性的な感情も持たないし、性的な話は苦手で、小説で性的な描写が出てくれば読み飛ばし、下ネタと呼ばれるものからは耳を塞いで逃げ回った。

だから、他者が自分に向ける性的な眼差しというものが、全く理解できなかった。この人は何でこんなにじろじろ見てくるのだろう。顔に、脚に、胸元に注がれるこのねっとりとした視線はなに？　この人は何でこんなに私に触れたがるの？　頭に、肩に、手に、腹に、脚に、降り注ぐこの手はなに？　道を歩けば手を繋ごうとし、後ろから自転車が来たと言っては肩を抱き寄せ、電車で並んで座れば眠ったふりをして寄り掛かり、混雑しているからといって、満員電車でもそうはならないくらい体を密着させてくるのはどういうこと？

　この人は誰に対しても身体的距離が近い人なの？　私のことを親しい相手だと思っていて、親しい人には身体的距離が近くなる？　それとも親しいと身体的距離が近くなるという一般論から逆算して、身体的に近付くことで自分たちは親しい関係だという既成事実を作ろうとしている？　無意識にやっているのか意識的にやっているのか、誰にでもやっているのか私だけにやっているのか女性限定なのか、どういう動機で、どういう目的で、何がしたくてこんなことをしているの？

　それが、女子校の友達と抱き合ったり手を繋いだりするのとどう違うのか分からないけれど、何かが異様で、何かが過剰で、なぜか怖く、なぜか気持ち悪く、なぜか体が竦んで、なぜだか追い詰められた。

　彼が、彼の属している世界が、「恋愛」と呼び「性欲」と呼んで何の説明も必要ないものと当然視している、「それ」が全く分からなかった。

「どうして体に触れてくるの？」と聞いてみたことがあるが、「ごめん、我慢できなくて……」と、全く答えにならない答えが返ってきた。「どうして」と理由を聞いているのだけど。

我慢って、何を？　あなたには脳があるのだから、体だけが勝手に動いているわけではないのでしょう？　脳で何を考えて体を動かしたのかを答えてほしい。

その人に、付き合ってほしい、と言われて、付き合うって何、友達と恋人と何が違うの、と尋ねた時に出てきた、「僕は君と手を繋ぎたいし、キスしたいし、……『そういうこと』したい」という答えも、全く理解不能だった。

分からなかったから、彼が何をしたいのか、自分が何をされているのか、分からなかったから、拒絶もうまくできなかった。

拒絶は、したと思う。手を握られれば振り払ったし、触られたらやめてと言った。でも、「何を」やめてほしいのかよく分かっていなかったから、強くは言えなかったと思うし、そもそもそんな相手とはさっさと距離を置いた方がいいことが分からなかった。何度か告白されて、相手が自分に恋愛感情を持っているということは分かって、友人に相談したとき、「危ないからもう二人きりで会うな」と言われても「危ないって、何が……？」と首を傾げたくらいだ。

相手は拒絶を拒絶と受け取らなかった。友人としての付き合いは続けていたから、本気の拒絶だとは思わなかったのかもしれない。

当時、彼と私の共通の知人である女性が、彼と私の間を取り持とうとするような行動を取ることがあった。後になって、彼からそう頼まれていたのだと知った。彼はその人に「この子と付き合えそうだ」と話し、逐一経過を報告していたらしい。その人から聞いた話の中には、「手を握っても嫌がられなかった」とか、「手を繋いで一緒に夕日を見た」（全く身に覚えがないのですが……）とか彼が言っていたというものがあった。「これって脈ありですよね？」と相談されるので、「そうなんじゃない？」と答えていたという。彼としては私に性的なアクションを仕掛け、私がそれを拒絶していないと見なし、それをもって私が彼に恋愛感情を持っていると判断していた、ということらしい。

断っても断っても口説かれたり、体を触られたりして、話が通じない人とは友人としての付き合いを継続できないとようやく悟り、距離を置き、少しずつ周囲に相談し……時間をかけて、自分がされたことの意味を理解していったとき、わけても私を苦しめたのは、そこに私の「是認」があったかのように動いていたことだった。彼は私に暗黙のうちに承諾され、それどころか促され、誘われてさえいると思っていたらしかった。女性は恋愛や性についてはは慎ましくあるよう教育されているので、自分から積極的に行動に出たがらず、男性の方が多少強引にでもリードしてあげるのが親切、という言説があるのをそれまで知らなかったが、彼はおそらくその種のありとあらゆる俗説に毒されていた。私の意思、私の感情、私の欲望。そうしたものがそこに介在していると見なされていた。

そして私がされたことの多くは、不意打ちではあっても力づくとは言えず（力づくの時もあったけれど）、私は拒絶とははっきり分かるほどの拒絶ができず（自分がアセクシュアルというマイノリティであることが、マジョリティである彼には私の気持ちを理解できなくても仕方ないという思いに拍車をかけた）、そんなことがあっても相手との関係を切らなかった（彼はわざわざ私と同じ授業をいくつも取っていたし、同じゼミに入るよう私に勧めたし、共通の友人も大勢いて、距離を置くことはそもそも難しかったのだが)。

悪いのは全部相手だと、今ははっきりと言える。No means No. つまり少しでも拒絶をされたら拒絶を受け止めなくてはならない。それ以前に、Yes means Yes. つまり性的なアクションは、はっきりとした合意形成を行ってからでなくてはならない。でもそれは、今でさえ常識ではなく、恋愛をする人たちの「常識」――女性は強引にアプローチされるのを待っている、というような――にはじめて触れた私は、皆と同じようにその「常識」をインストールした、従順な愚か者である彼を責めるよりは、その「常識」を知らなかった自分を責めた。

私が私を裏切った、と思った。私が私を売った。やめてよ、と言いながらあいまいに笑っていた私が、私を彼に差し出した。

私一人のものであったはずの私の意志が、書き換えられた。

自分が、汚れてしまった、と私に何より感じさせたのは、そのことだった。

私は、私をもう、信じることができない。

自分が人形だったらよかった、とその時思ったのでした。

人形は、従順な女性の言い換えとして用いられる。でも違う。人間には、意志がある。意志があるから、頷かされる。承諾させられる。自分を売り飛ばす契約書にサインさせられる。何をされても、自分で望んだことだと言われ、言わされる。

人形は違う。人形は頷かない。人形の意志に人間はアクセスできない。はいと言わせることはできない。人間が人形に何をしたって、それは人間が勝手にしたこと。人形に、させられたのだ、と言うことはできない。どんなにぼろぼろになっても、人形の魂は汚れない。

人形は、魂を水晶の函に仕舞っていて、誰もそれに触れることはできないのだ。

物語の中の少女たち

中川多理の個展をはじめて訪れたのは、二〇一八年、浅草橋のパラボリカ・ビスで開かれた「物語の中の少女」展だった。

小説や物語に登場する少女たちをかたどった人形たちが集められていた。

マンディアルグ『海の百合』のヴァニーナ、ガルシア・マルケス「無垢なエレンディラと無情な祖母の信じがたい悲惨の物語」のエレンディラ、アンナ・カヴァン『氷』の「少女」、皆川博子『死の泉』のレナとアリツェ。

多くが、悲惨な目に遭った少女たちである。

けれど、コンクリート打ちっぱなしのその静謐な展示会場で、人形たちと目を合わせた時、フェティッシュの対象たる「少女」をわざわざ酷い目に遭わせて楽しむといったような嗜虐趣味はそこには見出せず、人形たちはただそこに「いる」のだと感じられた。

ふわふわきらきらしたお花畑の存在ではなく、傷付けられ、踏み躙られる、けれど決して完全に損なわれてしまいはしない存在として。

人形たちは、魂を水晶の函に仕舞っていた。体はこの世に置きながら、心は違う世界に逃がして、自分を守っている、そんな眼をしていた。

この世の暴力が何をしても、彼女たちは決して汚されないのだと思った。

展示のカタログを兼ねた、雑誌「夜想」の『中川多理─物語の中の少女』を後で開くと、「エレンディラ」に「汚れていないから［無垢］、ではなく汚れないから［無垢］」というキャプションがついていて、我が意を得たりと思った。

展示に誘ってくれた男性が、あなたに似ていますねと指さしたのは、諸星大二郎「スノウホワイト」の白雪姫だった。

白い服を着て眠る白雪姫。

その日の私も白いワンピースを着ていた。お人形に会いに行くので、私もお人形としての装いで行こうと思ったのだ。お人形たちへの挨拶として。

メイクのポイントは、上下の瞼に載せた、マジョリカマジョルカのシャドーカスタマイズRD422、「熱情」[*1]。行ってみるとこれが正解で、お人形たちはみな目の周りにこのオレンジがかったピンク色を帯びていた。微熱の気配を漂わせた、懶《ものう》げなピンク。

ガルシア・マルケス「大きな翼のある、ひどく年老いた男」にインスパイアされた、「幻鳥譚」というシリーズにもひそかに自分を重ねるところがあった。

痩せ細った彼女たちは肋骨が浮き出て、腹部が空洞になってすらいる。

一時期急激に体重が落ちて、肋骨が浮き出ていた私は、理想的な美を体現しているとはとても言えない彼女たちを見て、自分の身体もこれでいいのだとなぜか思えたのだった。

帰宅後、同行者からメッセージが来て、私と人形が似ていたことにとても感銘を受けたという。

似ている、似ていると繰り返されることに警戒心を覚え、今日の装いのコンセプトは「人形」なので、それが実現できていたならうれしいという返事で躱《かわ》そうとすると、装いだけの問題ではないと言い、待ち合わせに現れたのを目にした瞬間はっとした、あなたの人形のような指に触れたいと思った——という趣旨のことを書いて寄越した。

このひとも人形を欲望の客体だと思っているのか。

私が人形になるのは、私の魂を決してあなたに触れさせないためなのに。

人形は、触れてもいいよとは決して言わない。
私はあなたの欲望を是認しない。

縁があって、山尾悠子と中川多理による『新編　夢の棲む街』『中川多理人形作品集　薔薇色の脚』の解説を書かせてもらうことになった。

『新編　夢の棲む街』の刊行記念に、久しぶりに中川多理の個展が開かれた。新しく作られた「薔薇色の脚」のお人形が並ぶ。浅草橋にあったパラボリカ・ビスのギャラリーはなくなってしまって、新しくできた倉庫に、小さなギャラリースペースが併設された。

その時私は、ノネットジャンパースカートと、球体関節ストッキングとグローブを身に着け、念願の「薔薇色の脚」コーデで、私は「薔薇色の脚」たちに会いに行った。

何度でも会いに行く。

＊1　いまでは廃盤になってしまった。

#4

少年は留まらない

男の子になりたかった女の子になりたかった女の子

松田青子の小説のタイトル『男の子になりたかった女の子になりたかった女の子』を目にしたとき、まさしく自分のことではないかと思った。

男の子になりたかった女の子になりたかった女の子は男の子には憧れない。男の子になりたかった女の子にだけ憧れる。

松田青子『男の子になりたかった女の子になりたかった女の子』（中央公論新社、二〇二一年）

素敵な女の子はたいてい男の子になりたがっている。

中高一貫の女子校で、私はそう思った。

友人や先輩たちは、自分が男の子だったらよかったのにと思い、私服の時は男物の服を着て、「俺」とか「僕」とか、あるいは「うち」といった中性的な一人称を用い、お姫様よりは海賊になりたがっていた。

私も海賊になりたい女の子になりたいと思った。男の子になりたい女の子になりたいと思った。

けれど私は、男の子には少しも興味がなかった。女の子でよかったというのとも違うけれど、男の子になるよりは女の子である方が好きだった。お姫様のままで、海賊船に乗って冒険をしたかった。

そして、男の子になりたいと思わないことを、何か自分の軽薄さ、愚かさの証のように感じることがあった。

前も書いたように、私の両親は私をボーイッシュに育てたがった。

姉も子供の頃は「女の子っぽい」「かわいい」と言われるものを馬鹿にしていたし、弟もよくわからないままそれを真似していたので、その点に関しては家の中で四面楚歌だった。ゴジラシリーズの怪獣の中で、私が一番好きなのはモスラだったが、そのことも、ゴジラ派の姉とガメラ派の弟に「わかってない」扱いされていた。モスラはかわいいし優しくていい子だから好きだったのだけど、姉はモスラのことを「ぶりっ子っぽくて嫌い」と言っていた。

「ぶりっ子っぽくて嫌い」というのは、私に向けられた言葉でもあった。子供の頃の姉にとって、私はかわいくもあれば憎らしくもある妹であり、私にとっての姉は優しくもあれば意地悪でもあるお姉ちゃんで、つまり私たちはたぶんごく普通の姉妹だったのだ。年の近い同性のきょうだいは、周囲によって比較されやすく、敵対させられやすいから。

成長するにつれ、私たちはそんな敵対心を乗り越えて手を取り合い、心のうちを語り合い、無二の親友になった。その中で理解できるようになったのは、幼い頃の姉が、自分と私を比較して劣等感を抱いていたということである。姉は外見にコンプレックスがあり、私にはなかった。コンプレックスに由来する、あるいは他者からの扱いの差に由来する性格の屈託が姉にはあり、私にはなかった。かわいくありたい、いい子でありたいと願うときに、そんな自分の振る舞いを他者に笑われるのではないかという怖れが姉にはあり、私にはなかった。「女の子っぽい」「かわいい」とされるものが自分には似合わないという引け目が姉にはあり、私にはなかった。姉が私を馬鹿にしたり、ぶりっ子と評したりしたのはそういうわけだった。当時の私はそういった背景についてはよくわかっていなかった。他者によって比べられ、扱いに差をつけられていたのは、私たちのどちらにも責任はなく、私たちのどちらにとっても不幸なことだった。

小学校でも、私は「ぶりっ子」とか、「自分のことをかわいいと思っている」と言われていじめられることが多かった。ピンクを好み、スカートを穿いていると、「ガリ勉」や「真面目ちゃん」に対するのと同じような軽蔑と憎悪を受けるのを感じ、それは「体制に従順な者」への感情なのだろうと私は思った。「女の子」はピンクを好むべきだとされているから、その規範に従っていると思われているのだろう。しかし、そんな規範はとうに過去のものになっている。現在生きている規範は、「女の子はピンクを好むべきではない」であって、ピンクを好む女の子を憎む者は、自分がその規範の奴隷になっていることに無自覚なのだ。先生の言うことを聞く子供は「いい子ぶりっ子」＝権威主義者と見なされるが、実際に子供たちの間で権威・権力を振るっているのは教師などではなく強者の子供であるのと同じことだ。そのように小学生の私は思っていた。

そうだったのだろうか？「女の子はピンクを好むべきである」という規範は、生きていたのだと今となっては思う。小学校の時、ピンクを身に着けている女の子もスカートを穿いている女の子もほとんど目にした覚えがなく、好きな色を聞かれると「青」か「緑」が定番の答えだったけれど、ピンクは高貴な人しか身に着けることを許されない禁色のようなものとなっていたのだと思う。誰が見てもかわいい、真の「女の子」しか身に着けられない色。誰からも文句のつけようがないという自信がなければ着られないに違いない、とされている色。

そうでなければ、ただの色があれほど強い拒否反応を引き出したりはしないだろう。強い憧れや羨望が劣等感がなければ。

女子校には——少なくとも私の通っていた女子校には——、「男の子っぽく」振る舞う女の子や、男の子になりたかった女の子が多かった。

女子校を舞台にした小説や漫画では、一クラスに一人くらい「王子様」がいて、女の子たちがきゃあきゃあ騒ぐ、というような描写をよく見かける。男の子のいない環境で、女の子たちが疑似恋愛の対象として「男の子」を求める、といった描き方だ。

けれど私の印象では、女子校は王子様だらけで、その中にたまに「紅一点」扱いされる子がいたのだった。「紅一点」の「女の子」は、「王子様」以上に珍しくて、憧れの対象で、自分とは違う存在と見なされていたように思う。

女の子が好き。その「好き」って何だろう

自分は、異性愛者なのだろうか、と考えたことがある。大学に入ってからだ。中高の時は、人を好きになるには性別など関係ないのだと考えていた。好きになるのは女の子ばかりだったし、周囲には女の子しかいなかったけれど。共学の大学に入って、自分のセクシュアリティというものを真面目に考えざるを得なくなったとき、思春期を別学で過ごす者が同性を好きになるのは同性を異性の代替品にしているから、といった言説を一瞬真に受けて、ボーイッシュな女の子が好きなのは、男の子が好きということなんだろうか、と思ったのだ。自分は、レズビアンなんだろうか、ヘテロセクシュアルなんだろうか、バイセクシュアルもしくはパンセクシュアルなんだろうか。

でも男の子のことは好きじゃなかった。いや、「男の子」に属するすべての人が嫌いなわけでは全然なかったし、友達になりたいと思う人や、特に親しくなる気はないけれど好きだなと思う人はそれなりにいた。友達になれたか、あるいは友達になれたとしてうまくやっていけたかは別として。でも「男の子」という属性には全然惹かれなかったし、「男の子」の「男の子らしさ」には身の毛がよだった。

でも、女の子や、男の子になりたかった女の子とであっても、恋人になりたいと思うわけ

ではなかった。「恋人になりたい」気持ちが、「友達になりたい」気持ちより上位であるとも思わなかった。男の子に対しても女の子に対してもそれ以外の子に対しても、恋人になりたいと思うことはなく、友達になりたいとか好きだなと思うことはそこそこあり、女の子、ことに男の子になりたかった女の子に対しては、一方的な憧れとか切なさの成分が入った「好き」の気持ちを持つことがあって、これが世に言う「恋愛感情」なのだろうかと思うこともあるけれど、付き合いたいという気持ちはやっぱり湧いてこなかった。

そういうわけで、アロマンティック・アセクシュアルという概念を知ってからは、自分はそれなんだなと思っている。

不自由と自由

閑話休題。

「男の子になりたかった女の子」に私が感じる魅力と親しみは、不自由と自由にあるように思う。「女の子」という枠組みに、不自由さを覚えている。この社会に、この世に、不服で、不満。同時に、その不自由さを飲み込み、抑圧してしまわないくらいには自由だ。自分が束縛されていることに気づくためには自由な魂が要る。

私は、つねに上機嫌な人よりも、不服を抱いている人が好きだ。だってこの世は不完全なのだから。不完全な世界に全面的に同意してしまってはいけないのだから。不服な人の方が、世界を変える力を持っている。

男の子になりたかった女の子になりたかった女の子は自分がただ髪の短い女の子に反応しているだけではないことに気づく。男の子になりたかった女の子になりたかった女の子の中で男の子になりたかった女の子の概念が深まる。今いる場所に居心地の悪さを覚えている女の子、自分が永遠の「部外者」であることを直感している女の子。それが男の子になりたかった女の子になりたかった女の子がそれから何十年も経ってから定義する男の子になりたかった女の子だ。

松田青子『男の子になりたかった女の子になりたかった女の子』(中央公論新社、二〇二一年)

中高の友人に、「君はいつもみんなの中で一人だけつまんなそうな顔してるよね」と言われたことがある。その時は、悪い意味で言われたのだと思った。しかし、中高を卒業して何年も経ったとき、友人は近況を話す中で、最近仲良くなった女の子について、こう言った。

「飲み会で一人だけつまんなそうな顔してたから、いいなと思って、話しかけた」

「え、私、君に『いつも一人だけつまんなそうな顔してる』って言われたことあるんだけど、褒め言葉だったの？」

私が聞くと、友人は当然のように「そうだよ」と答えた。

それならもっと早くそう言ってくれよ。と思ったけれど、いつも一人だけつまんなそうな顔している人を見かけたら私もたしかに面白そうな奴だと思うだろうし、「いつも一人だけつまんなそうな顔してる」が褒め言葉だと思っている友人も、面白い奴だなと思う。

僕はかぐや姫？

けれど、私は男の子になりたかった女の子ではなかった。

中学生の時好きだった本に松村栄子『僕はかぐや姫』がある。二〇〇六年度のセンター試験の現代文に出題された小説で、「センターに出題された百合小説」としても有名だとか。主人公の裕生は、女子校に通う高校生。文芸部に所属していて、一人称は「僕」。文学に造詣が深く理屈っぽい。

当時私は中学二年生で、部活を引退した高校三年生の先輩たちに会うために、週に一度の高校三年生の登校日には始発の駅で先輩たちが現れるのを待っていた。先輩たちはいつも遅刻ぎりぎりの時間に現れるので、家を早く出た私は長いこと待って、遅刻ぎりぎりの電車に乗る。

センター試験の翌日、今日はもう現れないかなと、諦めて遅刻ぎりぎりの電車に乗ると、発車間近のその電車に二人の先輩が飛び乗ってきた。一方の先輩がもう一方について「こいつ、センター試験の現代文に出てきたんだよ」と笑う。

そう言われた先輩は、文芸部に所属していて、一人称は「僕」で、文学に造詣が深くて理屈っぽい人だった。現代文の試験が終わった途端、周り中から「おまえ今の試験に出てただろ」と言われたのだという。

「試験問題が今朝の新聞に載ってるから、読んでみるといいよ」

先輩その一に言われ、家に帰ってすぐに新聞を開いて読んでみた。その小説はあまりにすんなりと理解できた。設問も解いてみると、全問正解だった。


女らしくするのが嫌だった。優等生らしくするのが嫌だった。人間らしくするのも嫌だった。どれも自分を間違って塗りつぶす、そう感じたのはいつ頃だったろう。器用にこなしていた〈らしさ〉のすべてが疎ましくなって、すべてを濾過するように〈僕〉になり、そうしたらひどく解放された気がした。女子高に来ると他にも〈僕〉たちはいっぱいいいて、裕生はのびのびと〈僕〉であることができた。

松村栄子『僕はかぐや姫』（福武書店、一九九一年、以下＊）

全文読みたくて図書館に行き、見つからなくてカウンターで聞くと、小柄だったので小学生だと思われたのだろう、「おとなの本だけどだいじょうぶ?」と聞かれた。
裕生は自分を「僕」と呼ぶ。男の子になりたいわけではなく、いかなる性も帯びたくなかったからだ。

「産んでと頼んだわけじゃないのに生まれてきて、生きるって決めたわけじゃないのに、人間として生きることさえ選択してもいないのに、女性として生きるって決めつけられて何の選択権もないなんて、とても理不尽な話だって昔思ったんじゃないかな。『ちょっと待って』って言いたかった。だから、男の子になりたいかどうかはともかく、とりあえず女の子ってことはこっちにおいといてって」

(*)

裕生の中ではそれは透明な人間性という意識だった。性以前の透明な精神性。

(*)

性のない、身体のない、魂だけの存在に私もなりたかった。「女性」にはなりたくなかった。人間になんかなりたくなかった。
ただひとつ、理解できなかったのはこの一節だった。

少年という言葉には爽やかさがあるけれど、少女という言葉には得体の知れないうさんくささがある。（＊）

私にとっては逆だった。「少女」の方が透明で、「少年」の方が奇妙な感じがした。

大学生になって、自分がフェミニストであることを自覚するようになり、フェミニストの友人がたくさんできた。話が合う人たちとは、ファッションの趣味は合わなかった。たいていの人とファッションの趣味が合わなかったとはいえ。

私の親しくしていたフェミニストの友人たちの多くは、髪が短く、滅多にスカートを穿かなかった。無論のこと、友人たちはそれぞれに自分で自分のファッションを選んだのであって、申し合わせたわけではないし、フェミニストはこういうファッションをしなくてはいけないとか、こういうファッションをしてはいけないという決まりはない。

フェミニズムをよく知らない人は誤解しがちだが、フェミニストは「女性はピンクを着てはいけない」とか「女性がスカートを穿くなんてとんでもないことだ」とか言ったりはしない。フェミニズムというのは、「女性は〇〇をしなくてはいけない」「女性は〇〇をしてはいけない」に抗うことなのだから。

そのことは十二分に理解した上で、たまたま、自分の周囲にいるフェミニストの多くが巻では「マニッシュ」とか「ユニセックス」と呼ばれるであろう服装を好んでいると、勝手に疎外感を覚えることもないではなかった。友人たちは風貌も含めて魅力的だったからだ。あぶれ者の空気を漂わせていて、一目でこの人たちとは話が合いそうだとわかった。でも相手からは、話が合いそうだとは思ってもらえないだろう。見た目だけなら、友達になれない相手だと思われてしまうんじゃないか。

別に友達を作るために服を着るのじゃない。わかりやすい腕章をつけるために服を着るのじゃない。それでも、自分の見た目が誤解されるだろうことを思うと寂しくなることはあった。

女の子になりたかった男の子になりたかった女の子

男の子にはなりたくないけれど、女の子になりたかった男の子、女の子みたいな男の子には、なりたいと思うことがある。

それはつまり、自分の「女の子」性が、身体や性別とは関係のない、精神のみのものであることを証明したいという気持ちだ。

装飾性の高い衣服、パステルカラーや華やかな色、リボンやレースやチュール、お花、そういったものを愛するのは自分が「女」という性別に生まれたからではないのだと、証明したい。そういうものを好む人がみんな「女の子」だとも、「女の子」はみんなそういうものを好むのだとも、決めつけられたくない。

そもそも、装飾性の高い服や華やかな色やリボンやレースは、歴史的には全然「女の子」限定のものではなく、むしろ男性のものだった。近代以前の西欧の肖像画などを見ても、貴族の男性がフリルたっぷりの服をまとって権力や財力を誇示している。男性の服がモノトーンを基調としたものとなり、代表的な美学が「シック」さに移ったのは、ごく最近のことに過ぎない。

男性として、権力をアピールするために豪華な服を着たいわけではまったくないけれど、装飾的な服にときめく心は別に「女性」だけのものではない。

「少女にまがう」と形容されるようなヴァンパイアの少年になって、フリルたっぷりのお洋服を着られたらいいのにと思う。

ロリィタ服を着始めて間もなく、ロリィタの中に「少年装」や「皇子ロリィタ」と呼ばれる領域があることを知った。

簡単に言えば、パンツスタイルのロリィタ。

ロリィタといえば所謂「女の子」らしさ全開の、お姫様ファッション、という印象が強く、アイテムはワンピースやジャンパースカート、あるいはスカートだと思っていた。しかし数は少ないけれど、ハーフパンツやロングパンツとそれに合うジャケットやベストのロリィタコーディネートが存在するのだ。

「少年装」と「皇子ロリィタ」の厳密な境界はないけれど、装飾性の高めなものが「皇子」、シンプルめなものが「少年」と呼ばれる傾向にある。たとえばセーラーブラウスにハーフパンツ、ソックスガーターにベレー帽といった、ギムナジウムの少年のようなノスタルジーと儚さを感じさせるコーデなら少年装。フレアパンツを穿き、姫袖ブラウスにレースのジャボタイ、ベスト、ロングジャケットとアイテムをたっぷりと重ねて、頭にはミニハットなどを乗せると、豪奢で気高いイメージの皇子になる。どちらを名乗るかは結局着る人の好みの問題だけれど。

これって、私がなりたかった、近代以前の西欧の肖像画の中にいる貴族の少年じゃないか？かわいさ、美しさへの愛を手放さないまま、性別としての「女性」から自分を切り離すことができるのは、理想的だと思った。フリルたっぷりのお洋服を着たまま、「女性」を体現するつもりなどないことを表明できるのは。

魅力的なのは、少年装をすることが、少年になる／なりたいことを意味するわけではないことだった。

むろん少年になりたい人が少年装をすることもあるだろう。その人は少年装によって少年になるのだろう。

でも私にとっては、少年装というのは「男装」とは違っていて――少年、が単なるファッションの傾向を指す言葉になっているのが、かろやかで愉快な気がするのだ。「女の子」や「少女」が私の中では服のジャンルに過ぎない（そうあってほしい）のと同じように。「男」ではなく「少年」、「王」ではなく「王子（皇子）」だからでもあるだろう。目指されているのは、性別が分化する以前の存在、着る服に拠る以外の、性別の差などないようなありようなのだ。

むろん、スカート＝少女・姫、パンツ＝少年・皇子という分類がジェンダーロールに紐付いていると言われればそうで、性別に一切関係のない呼称があればその方がいいのかもしれない。でも、その「少年」も「少女」も、実体のない、からっぽな呼称だという感じが私にはする。いい意味で、空虚な。フィクショナルな。無意味な。着る人とは関係のない、服の系統としてだけの呼称。

少年装や皇子ロリィタのパンツスタイルは、レディースファッションの一環としてのそれではない。そこにはやはり越境の、異性装の要素がある。しかし男性に同化するわけではない。といって、男性を「演じる」わけでもない。

幾重もの越境だけがあって、越境する先がどこでもないような。異性装ではあるが、その

「異性」が男でも女でもないような。どんな性にとっても異性であるような。どんな性にも馴染まないものだけが訪れるノー・マンズ・ランド。それが少年／皇子であるような気がする。一箇所に立ち止まらない、永遠の旅のような、それが、でも不思議に安らぐ。

少年装／皇子ロリィタを着るとき、私は自分が普段、「女性らしい」と見なされることにどれだけ息苦しい思いをしているかに気がつく。

少年に背負わされた幻想

しかし、「少年」や「少女」に過剰な意味を背負わせることには注意しなくてはならない。「少年」や「少女」を私は「フィクション」という言葉と結びつけて語ってきたけれど、「少年」や「少女」と呼ばれるひとたちは、実在するからだ。それも、権力を持たないこどもとして。

私はかつて「少女」の当事者だった。「少女」がパブリック・ドメインのように消費されることに苛立っていた。いる。「少女」を消費する人たちは、自分の愛するフィクションの「少女」は現実の「少女」とは別のいきものだと主張したりするけれど、現実とフィクションはそんなふうに簡単に割り切れるものではなく、フィクションの少女の中に流れているのは現実の少女の血なのだ。

現実の、年少の女性／男性から「少女」性、「少年」性を切り離して、望んでそれを纏う人だけで引き取ってあげたいのに、むしろ年少の女性／男性に「少女」性、「少年」性を押し付けることになってしまうのではないか。

私は少女の当事者だったことがあり、少女としての痛みを知っているからこそ、ある種の呪いのようにも少女に憑かれていることを自分に許せるように思う。けれど、少年は？

ルシール・アザリロヴィック監督の映画『エヴォリューション』が公開されたとき、観に行こうかどうしようかしばらく迷っていた。

成人女性と少年しかいない孤島で行われている、秘密の医療行為。少年たちが直面する、恐ろしい真実——。

内容は興味深いものに思えたけれど、それに添えられた「美しい悪夢」や「倫理を超えた」といった惹句は、搾取を芸術やエンタメとして消費する際によく見られるものと似ていたからだ。

あらすじを軽く読んだだけで、「医療行為」が性的な支配の暗喩であることは想像がつく。そのおぞましさを、美しく刺激的に消費する作品なのではないか？　その懸念が胸を離れなかった。

観に行こう、と決めたのは、新聞に載っていた監督のインタビューを読んだからだ。成人女性と少年たちの関係を描いたのは、これが成人男性と少女だったらこの社会にはあまりにありふれていて、劇中で起きている搾取のグロテスクさに気付かないからだ、と監督は語っていた。この監督は現実社会における搾取に向き合い、それを問題視している人だとわかった。信頼できる人だと思った。

そして実際に観に行った映画は素晴らしかった。少女が「再生産を行うための媒介」として扱われ、少女が大人になる＝死ぬことだと見なされているようなこの社会のグロテスクさを、エイリアンに飼育され、寄生される少年たちに置き換えて、これでもかと描き出していた。倫理を超えたなんて嘘だ、倫理観のある人にしかほんとうにグロテスクなものは作れないと思った。

同監督の作品としては前作の『エコール』の方が有名だ。こちらは『エヴォリューション』の少女版で、やはり少女の搾取がテーマなのだが、ちょっと美しすぎる。「美しい」とされて売り物にされる少女たちを描いているのに、レビューを見ると「美少女を耽美的に映した」映画として鑑賞している人が多いようなのである。劇中で、少女たちの舞台を鑑賞する大人たちさながらに。

「美しい」と眼差すことの暴力性をいくら描いても、それ自体が「美しい」と眼差されてしまうことをひどく口惜しいと思う。

「無垢なる花たちのためのユートピア」という短篇小説を書くにあたり、登場人物たちを少年（と、数人の成人男性）にしたのは、『エヴォリューション』を意識してのことだった。性暴力をメタファー的に描いたこの小説で、被害者を少女にしてしまえば、性暴力をエンタメ的に消費する眼差しを避けられない。この社会では少女や女性への性暴力のエンタメ化はあまりにありふれているから。現実のグロテスクさを描くには、作品世界を現実からずらし、異化しなくてはならない。

この作品を書いた後で、担当編集者に「今度は『無垢なる花たち』の少女バージョンを」と言われた（少年があるなら少女を、というのは男女二元論的すぎるかもしれない）。『エヴォリューション』の少女バージョンといえば『エコール』。しかし『エコール』は、悪いのは作品ではなく一部の観客（というより、消費者）であるとはいえ、きれいすぎた。きれいに消費されすぎていた。それを回避するにはどうしたらいいだろう。「卒業の終わり」と題したその小説を書くにあたり、私は文体の美しさや幻想性をかなり抑えることにした。

しかし、少女に向けられるような暴力的な眼差しが少年には向けられないと私が思っていたとしたら、それは間違いだったのだ。少年や成人男性が性暴力のターゲットになることも、悲しいことに数多くあり、しかもそれは「男は性暴力に遭わない」という偏見によって闇に葬られてしまっている。

「無垢なる花たち」が「美少年の」「耽美的な」物語として語られる例を私はいくつも目にした。美少年だなんて書いたっけ？　たしかに登場人物が「美しい」と評されるところはあったけれど、それはあくまでも一人の登場人物の目を通した、主観的な評価のつもりだったのだ。美しさは誰かが本質的に持っているものではなく、他者が見出し、そして搾取していくものだ。そのつもりで書いていた。

　でも少年の「美しさ」を愛でる人がこんなにいるとは私は知らなかった。だから、少女を書くときに比べ、無防備なところがあったのは認めなくてはならない。

「無垢なる花たち」を書いてから、私は少年装にはまっていった。少年装を愛する人たちと交流したりした。けれどそうした場で、「少年」があくまでも他者として、客体として愛でられている気配を感じることもあった。少女であった経験があった人なら、「少女」に背負わせるのを躊躇いそうな量の夢や幻想を、少年には気軽に積むことができる、そんな気配を感じることがあった。

　むろん少年装をする人みながそうであるわけではない。それに、自分が狭い意味で当事者である／あったものにしかなれないなんてあまりに不自由だ。けれど、自分ではない別のなにかになりたいと思うとき、実際にはその「なにか」の痛みや不自由の部分を背負わなくて済むから気楽にそう思えてしまうのではないかということを、その「なにか」として実際に生きている者がある場合には、忘れてはならないのではないかと思う。[*1]

＊1 このように書くと、トランスジェンダーのことだと思われる人もいるかもしれない。トランス差別の激しい昨今、トランスジェンダーを「自分ではないものになりたがる気楽な人たち」だと非難する人も多い。しかし、トランス女性は女性であり、トランス男性は男性である。トランスジェンダーは自分の性別を選んだわけではない。

#5 ミューズはここにいない

木を隠すなら森のなか、美しさを隠すなら？

二〇一七年の秋、歌壇賞受賞の知らせをもらった。

著者近影というものが必要になった。受賞作品とともに雑誌に掲載されることになる。

写真を撮られるのは苦手だった。どう写ればいいのかわからずにレンズを見返す強張った自分の顔がひどく醜く見えたせいでもあるが、美しかろうと醜かろうと、容姿というもの自体が要らなかった。

身体のない、言葉だけの存在になりたかった。自分の本体は言葉であり、作品だと思っていた。

だからほんとうは著者近影など載せたくなかった。せっかく言葉だけで立つことができるのに、なぜそこに著者の顔など添える必要があるのだろう？　写真を見ればあれこれ言う人が必ず出てくるのはわかっている。

作家、ことに若年で女性と見なされる作家が、「美人作家」などと書き立てられたり、新刊の広告に大きく顔写真を使われたりするのを見ると、辟易した。

そののち、別の新人賞を受賞した知人が著者近影を載せるのを拒否したと聞いて、自分も拒否するべきだったのかもしれないと思った。

けれど、歌壇というのは狭い世界で、しかもしょっちゅう顔を突き合わせて歌会などをしているのだから、著者近影を拒否したところで、どうせみな私の顔を知っているのは変わらない——と思った。刊行物に写真が掲載されるとなると、文字通り「顔が見えている」知り合いの輪より広い範囲に見られることになるとは、その時は考えなかった。

著者近影があるのが当然のところで、写真を「出さない」ことに特別な意味を見出されるのも避けたかった。わざわざ「隠して」いると思われ、隠されたものに対する下世話な好奇心を引き起こすことになるのも嫌だった。

徹底的に覆面作家をやりたいかというと、わざわざそれだけの手間をかける気も起きない。

写真を求められる場面や人と対面せざるを得ない場面はこれからも無数にあって、それを断ることによる不利益や面倒は小さなものではないだろう。ほんとうは顔を出したくない人は出さない、で済めばいいだけの話なのだけど。

顔についてとやかく言ってくる人がいたとして、悪いのはそいつであって、それへの対策なんて取らされたくない、という気持ちもあった。きれいとかかわいいとか言ってくる連中がいるからといって、私が顔を隠さなければならないのか？　私自身にとって、身体や容姿は要らないものとはいえ、この世の空気に堂々と晒して生きてきた、生きていく、そういうものでもあって、下世話な視線を注いでくるやつらの目の方が潰れてくれ。そう思った。

撮影は、当時『タゴール・ソングス』を撮っている最中だった、映画監督の佐々木美佳さんにお願いした。面識はなかった。東京外国語大学の学生短歌会で活動していた歌人の後輩が、大学の同期である佐々木さんを紹介してくれたのだった。

撮ってもらうなら、美しい写真がいいと思っていた。「私が」美しく見える写真ではない。一枚の絵として美しい写真。

一番避けたいのは証明写真みたいな写真だ。自分がどんな見た目をしているかという情報を伝達するだけの写真。私は、自分がどんな見た目をしているかという情報を伝達したくはなかった。

この人はどんな見た目なのか、そんなところに注意が向かない写真がいい。ただこの写真は素敵な作品だなと思う、被写体ひとつひとつを切り離して品定めする気にはならない、そういう写真。

写真に写り込む木漏れ日や風、水滴、そういうものになれたらいい。写真の中に満ちる光に溶けることができたら。そうしたらきっとうれしいだろう。

木を隠すなら森のなか。美しさを隠すなら美しさのなか。美しい写真の一部になれたら、自分が美しいことなど、きっと誰も気にも留めないような気がした。

そういうところまでは話さなかったけれど、どういう雰囲気が好きか、どういうふうに撮ってほしいか、ということは、事前にメッセージでやり取りした。会ったことのない人に、たとえば妖精やお人形みたいなイメージが好きで、と話すのは気恥ずかしい気もしたけれど、自分の望みを開示しないことには始まらないのだから。

当日はOLIVE des OLIVEのワンピースを着ていった。基本的にカジュアルガーリー系に分類されるであろうこのブランドの中で見つけた、ちょっと異色なくらいドラマティックなワンピース。深い躑躅色のベロア生地で、胸元には白い百合に似た花の刺繡があり、袖はらっぱ型に広がっている。スカートが膝丈である点を除けば中世のローブのようだった。この服を着て美容院に行ったら、美容師さんに「何かの衣装ですか？」と聞かれたことがあるくらい、リアルクローズに見えない、お気に入りの服だった。

髪には、細長い葉をつらねたような、黄金色のカチューシャを挿した。頭の上にではなく後頭部に挿すと、髪の間から漏れる金のきらめきが美しく、葉冠をかぶっているようで妖精っぽい。

佐々木さんは、手に撮影小物の白い花を持って現れた。その花が、私のワンピースの胸元から抜け出してきたのではないかというくらい、刺繍の花に似ていたのも、なにかの巡り合わせのような気がした。

撮影場所は東大本郷キャンパスの三四郎池。この池は広くて緑に囲まれているので、水辺に降りればキャンパスの建物がまるで見えず、大学の景色とは思えなくなる。私は普段駒場キャンパスに通っていて、たまに本郷キャンパスで他学部の授業を受ける程度なのであまり縁のない場所だったが、短歌の〆切が迫っているのに全然歌ができなかったとき、本郷での授業の後に四、五時間池のまわりをうろついて歌を作ったことがある。ゆっくり時間をかけて三周くらいするうちにすっかり日が落ちてあたりは暗闇になった。

池に向かう途中も、佐々木さんはカメラを構えて何枚か写真を撮った。何枚も撮ってもらううちに、緊張が解けてポーズや表情を作れるようになった。集合写真やスナップ写真のようなものは、「自然な」「ありのままの」姿を写さないといけない気がして、何が自然なのかわからずに強張ってしまっていたのだと思う。けれどこのときは、どういうふうに見えたいかという話を事前にして、それを笑うことなく受け容れてもらえたから、世間が「ありのまま」だと思う姿に囚われなくてよかった。

笑った方がいいですか、と聞くと、笑ってみてください、と佐々木さんは言って、私の作り笑顔を見て、笑わない方がいいですね、と言った。笑わない方が私もよかった。誌面の向こうの、知らない人たちに笑いかけたくはなかった。笑わなくていいとわかったら、気が楽になった。

勇敢な姫のように

幼いとき、私はお人形さんのように可愛く、写真写りも抜群によかった。

その頃の写真に、私はたいてい、首をちょっと傾げたり、脚をクロスさせたり、スカートの裾をつまんだりといったおすましポーズで写っている。表情も、弾けるような無邪気な笑顔とかではなく、ちょっと澄ました顔や品の良い微笑で、後に成長した私は、過去の自分はどこでこんな写真写りの技を学んだんだ（そしてどこで忘れたんだ）と舌を巻いたものである。

けれど子供たちはそうした作為を目敏く見咎める。写真に写るときにポーズを取ることを馬鹿にされたこともあれば、「自分のことを可愛いと思っている」「かわいこぶりっ子」「お高く止まっている」と悪口を言われたこともある。小学校を転校するとき、仲良くしていた子に「最後にひとつ聞きたいんだけど」という前置きで、「自分のこと、可愛いと思ってる?」と聞かれたことを思い出すと、あまりに馬鹿馬鹿しくてちょっと笑ってしまう。

可愛い可愛いと褒めそやしてきたかと思えば、同じ人たちが、自分が可愛いと思っているとか、自分を可愛く見せようとしているということを悪いことのように言うこの世界は私には難解すぎた。だって自分が可愛いなんてとうにわかっている、耳に胼胝《たこ》ができるほど言われたのだから、気づかずにいる方が難しい。この世に生を享けた日から、この子は美人になると言われたのである。そして、可愛いことをよいことと讃える同じ口が、より可愛くあろうとすることをなぜ罪のように言うのだろう?

可愛い、綺麗だと言われることが次第に苦痛になった。

三四郎池の周遊を終えて、金魚屋を兼ねた喫茶店に入り、撮影した写真を見せてもらうと、どれも驚くほど理想的に撮れていた。こんなに、自分の望んだ通りの姿で写真に撮ってもらえたのは、はじめてのことだった。

美しい一枚の絵であり、そこに私はいるのだが、そこにしか私はいなくて、この絵から私だけを剥がして取り出しても何の意味もないように思えた。

中に一枚、池に向かって立つ後ろ姿の写真があった。後ろ向きなので著者近影には使いづらいが、池、というよりは湖に向かい、長い髪とローブの袖を風に靡かせ、手には白い花を持って立つ私の姿は、中世風ファンタジー映画の一場面のようだった。勇敢で聡明な姫が湖から一振りの剣を受け取るところ、あるいは、ひととき人間の世界に姿を現していた湖の精が水の下へ戻っていくところだろうか？

撮ってもらった写真は私のお守りになった。これなら、誌面に顔が載っても、堂々としていられるような気がした。

美しい写真の中に自分を埋めて隠してしまいたい、そんな私のひそかなたくらみはほとんどの人に理解されなかったと思う。

ある知人には、「著者近影を見た知り合いに、『川野さんっていつもこんな感じなの？』って聞かれた」と言われた。「『こんな感じ』って、どんな感じ？」「さあ」と言って二人で苦笑いした。

歌壇賞の授賞式の少し前、別の短歌の賞の授賞式に参加したときは、あるベテラン歌人に「写真で見るより美人ね！」とまったく悪気のない調子で言われた。写真を撮ってくれた人にも私にも失礼だと思うのだけど。同じ場で、短歌なんか儲からないから将来が不安だよね……という世間話が始まったときも、その歌人には「あなたは金持ちの男を捕まえれば大丈夫」と言われた。大丈夫って、何が？

著者近影を、この人は美人なのか、実物は写真通りなのかという目で見る人たちは実際に発生したわけだ。

それでも、このポートレイト撮影以来、写真を撮ってもらうことが楽しくなった。それ以降の私の写真は、いい表情をしているものが多い。

その翌年、イギリス旅行中にロンドンのシャーロック・ホームズ・ミュージアムを訪れた。ホームズとワトソンのそれを再現した部屋や、登場人物の蠟人形を並べて事件現場を再現した部屋などがあり、私以外の観光客はみな同行者と互いに写真を撮り合っている。一人旅の私が部屋の写真などを撮っていると、警備員らしき人が写真を撮ろうかと声をかけてくれた。スマホを預けると、"Wonderful! You are so photogenic!"と大袈裟に褒めちぎりながら何枚も写真を撮ってくれた。おかげで、ホームズの部屋にいるような写真や、ホームズとワトソンとのスリーショット（いや、何らかの事件の被害者の死体も入っていたのでフォーショット）を撮ることができた。容姿を直接的に褒められるのは嬉しくないけれど、photogenic（写真映えする）という褒め言葉はいいなと思った。それは私の容姿ではなく、写真の美しさの話をしているのだから。

薔薇への挨拶

その次に著者近影が必要になったのは、二〇二一年の春だった。前年に出版した歌集『Lilith』が現代歌人協会賞を受賞し、協会の会報に写真が載ることになったのだ。

この時は、会社で知り合ったカメラマンに依頼した。私はその前年まで、小さな会社の副社長ということになっていた。実態としては、デザイナー兼プログラマーであった友人が法人化しようかどうしようか悩んでいたときに、やっちゃえやっちゃえ、とけしかけていたら巻き込まれた（というか、学振が切れて収入がなくなる私を友人が危ぶんでくれたのだろう）というだけのことで、私自身は大したことをしておらず、二年でやめることになったが、会社の方は順調で今も続いている。

その会社にバイトとして来ていた大学生がカメラもやっていたので、社長である友人が一度アー写（アーティスト写真）というものを撮ってみたいと言い出して、私や他のメンバーもついでにぞろぞろとくっついて路上に繰り出し、撮ってもらったことがあった。夜の下北沢の街を歩き回り、駐輪場やら飲み屋街やら、古びたビルの階段やら、そのへんのベンチやら、薄汚れてごみごみした場所で撮ってくれたのだけど、できた写真がとてもかっこよかったのだ。

そこでポートレイトが必要になったとき、彼に連絡して撮影を依頼した。社長と一緒に撮ってもらったときは、社長のイメージと要望に合わせて街中だったけれど、私は海やお花畑といった自然のある場所がよかった。挙げてもらった撮影場所の候補の中に、横浜イングリッシュガーデンを見出して嬉しくなった。横浜イングリッシュガーデンは好きな場所だったし、それまでも薔薇の季節に何度か友人たちと訪れたことがあった。けれど、薔薇と一緒にいる友人たちは美しく撮れても、自分はうまく写れなかったから、上手な人にこの場所で撮ってもらえたら幸福だろうと思った。ちょうど薔薇の季節だった。

ロリィタを着始めて間もない頃だった。はじめて買ったロリィタ服である、Millefleursの薔薇模様のコルセットスカートを着ていくことにした。このコルセットスカートを試着したとき、下に膝丈のスカートを合わせれば少女的に、ロング丈のスカートを合わせれば貴族的になるところに惹かれ、その時は同じブランドの膝丈のアンダースカートを一緒に購入しつつ、必ずロング丈のスカートも手に入れることを心に誓ったのだけれど、ロング丈のスカートとの出会いはそれから間もなくして訪れた。その頃新宿マルイアネックスの七階にできた、星箱Worksのポップアップショップで取り扱っていた、中国ロリィタブランドのセットアップが非常に可愛かったのだ。深いローズピンクの地によく見ると薔薇の模様が織り込まれた、三段フリルのスカートとビスチェのセットである。ビスチェの下にブラウスを合わせてスカートとセットで着れば、ジャンパースカートのような形になり、クラシカルな中にややカントリー調の可愛さがあるし、スカート単体でブラウスと合わせればすっきりとしてヴィクトリアンだし、コルセットスカートの下に穿いてもきっと調和する、と私は見込んだ。暗紅色のコルセットスカートの下に合わせる色として、それまでは白や生成りを思い描いていたけれど、ローズピンクのフリルスカートが覗いていたら、華やかさも増して可愛いはず。そして実際に可愛かった。

そこに通販で買った白いレースブラウスを合わせた。袖全体と首周りがレースになっていて、優雅な中にも涼しげな印象がある。姫袖のひらひら部分はレースが二重になっていて豪華だ。

ボリュームの多いロリィタ服には、底が厚くて爪先の丸いストラップシューズ、いわゆる「おでこ靴」を合わせるのが鉄板なのだけれど、靴に関しては足に合う・合わないの問題が大きい。ロリィタを始めたての時、あるカジュアルロリィタ系のブランドでおでこ靴を買ってみたところ、二度履いて二度とも爪が鬱血して真っ黒になってしまい、さすがにやめた。そのブランドの靴が合わなかっただけなのか、おでこ靴全般が合わないのかは、今のところ検証できていない。というわけで、靴は踵の低いan another angelusのパンプスを合わせる。ワインレッドの別珍の生地に、フロント部分には大きくピンクの薔薇の刺繍が入った、ヴィンテージライクなデザインだ。爪先部分はややスクエア。三センチのヒールは太めで、足首の周りで留めるストラップがついているので、可愛い上に歩きやすい。

その頃ローズピンクに染めていた、腰まである髪には、Morun x Muuna Stoikの薔薇とレースのコサージュを飾った。私のロリィタデビューに手を貸したのち自らもロリィタにはまった短歌会の後輩が、受賞のお祝いにプレゼントしてくれたものだ。ロリィタを始めたばかりで、まだアイテムが揃っていなかった私を見かねて、「何か頭ものをプレゼントしたい」と言うので、一緒にマルイアネックスを見て回り、ATELIER PIERROTでこのコサージュに出会った。同じシリーズのコサージュでも、ひとつひとつ造花の種類や色などが異なり、鏡の前であれこれと頭につけ比べてみて、一番気に入ったものを選んだ。カップ咲きの形の淡いピンクの薔薇を、生成りのレースが取り囲み、そこからネットと白いチュールとレースのリボンが垂れ下がっている。つねづね私は頭から花を生やしたいと思っていたので、頭につける花飾りが手に入るのは実に嬉しいことだ。

鞄は駅の雑貨店で見つけた、四角い大きなトートバッグを。モーヴの地に紫がかったピンクで大輪の薔薇が描かれ、中も持ち手もフューシャピンクという、持っているだけで華やかさが上がるバッグである。

アイシャドウとリップはフューシャピンクで統一し、コーデアイテムのほぼすべてに薔薇が入った、歩く薔薇園コーデであった。薔薇たちへの挨拶である。

どんなにおめかしをしたところで、薔薇たちの前では華美すぎるということはない。「栄華を極めたソロモンでさえ、この花の一つほどにも着飾ってはいなかった」と聖書にあるけれど（なお、一説によればこの花はアネモネのことだそう）、全くその通りだ。この聖句の前には「なぜ、衣服のことで思い悩むのか」とあるけれど、「いくら着飾っても着飾りすぎということはない」と勝手に解釈させてもらおう。

一輪の薔薇の前では、私は何者でもない。そのことは私をむしろ自由にしてくれる。好きなだけおめかしをして、その上で特別な注視を受けることもなく、あふれる美しさの中に埋もれていられたら。美しいことが透明であることと同じだったらいいのにと思う。美しくなればなるほど、目立つのではなくむしろ見えなくなれたら。私も一輪の薔薇になりたいと、身を飾れば飾るほど、薔薇園の風景の中に溶けて見えなくなれたらいいと。

満開の薔薇園で撮ってもらった写真は、やはりどれも素敵だった。大好きなこの庭の一部にようやくなれた気がした。白い薔薇たちの中でどこか遠くを見遣っている横顔の写真を使うことにした。

受賞の記念に、歌集の版元である書肆侃侃房が発行している短歌ムック『ねむらない樹』で私の特集が組まれることになり、その扉ページに著者近影を使いたいと言われた。そんなに大きく自分の写真を載せるのはやはり躊躇った。書店のポップでその写真をしかもカラーで使うことになったときも怯む気持ちがあった。でもこの時に撮った、同じ写真を使うことにした。自分の書いた作品が完成すれば自分の手を離れて独立した他者に思えるように、自分の写真も美しく撮ってもらうとあまり自分には思えず、ただ一枚の絵としていい絵に見えた。その一枚の絵が、不躾な視線をはね返してくれる気がした。人間ならざるものとして、一輪の薔薇のように。

私たちの二分の三成人式

そのすぐ後、三十歳の記念に、大学の同期の友人たち二人とともにスタジオで写真を撮ってもらった。正確に言うと私はまだ三十歳にはなっていなかった。友人二人が年齢的には一つ上で、前年の終わりに三十歳を迎えていたので、三人まとめて「三十歳になる／なった」記念、ということにしたのだった。

場所はアンティーク家具を揃えた渋谷のスタジオで、それぞれ内装の違う部屋が四つある。そのうち三部屋を借りることにした。洋書の並んだ、屋根裏の書斎めいた部屋。アンティークショップをイメージしたという、ソファや文机の並ぶ部屋。そして廃墟をイメージしたという、コンクリート打ちっぱなしの地下室。プロのカメラマンによる撮影つきのプランを予約する。

二十歳の時は記念めいたことを何もしなかった。三十歳になったらおめかしをした写真を撮りたいと思っていた。

私は写真に写るのが苦手だったが、一方で、記憶する、記録するということに強い執着を持っていた。ほとんど物心ついた頃から、時が流れ過ぎていくこと、自分が変わっていくこと、すべてを覚えておけないことが口惜しくてならなかった。だから日記をつけようともしたのだが、すべてを記録しようとするあまり、記録にかける時間が膨れ上がってしまうので、続けることができなかった。

一瞬の光景を写真に焼き付けておくことは魅力的だった。小学校六年生に上がるときに転校したために、それまでの五年間を過ごした学校の卒業アルバムがもらえなかったのは今でも惜しいような気がする。引っ込み思案で、一人で過ごすことの多かった私は、中高の学校行事の写真にもあまり写っていない。

特別な日を設けて祝ったりすることは苦手だった。特定の日付に意味はなく、すべての日が愛惜されるべきものなのだから。でも、私が参加しなかった、成人式、卒業式といった行事にはやはり一定の意味があったのだと思う。日々に区切りをつけ、祝福したり記録を残したりすることは、心残りなく先へ進んでいくのに役立つのかもしれない。

だから自分で特別な日を設けて、未練がないように祝い、記録したいと感じるようになっていた。

人形のように可愛く、写真写りもよかった私だが、小学校高学年のある日、自分の写真を見て愕然とした。

そこには私の知らない、不格好な子供が写っていた。

今にして思えば、それは単にいつになく写りの悪い写真だったというだけなのだろうが、それを見た時、「私の可愛かった時期は終わったんだ」と思った。

心残りは、せっかく可愛かった、もう戻らない時代に、きっと似合ったであろう可愛い格好ができなかったことだった。可愛い格好をしてとびきりの記念写真を残しておきたかったと思った。


思い思いの格好で私たちはスタジオに集まった。私は深い緑のヴィンテージワンピースの下にヴィンテージのブラウスを着て、パニエを入れ、レースの付け襟を重ねた、ロリィタ風のコーディネート。友人の一人は朝焼けのようなグラデーションを持つサーモンピンクの着物に黒い帯、着物と同色の帯締めを合わせた和装。もう一人の友人は、ケープと一体化したような形になっている、ブルーグレイのようなシルバーのような色のドレスで、世紀末ウィーン風だと言っていた。時代も地域も違う装いの三人が集まった光景は、とても自由で楽しいものだった。

屋根裏部屋のような、アンティークショップのような、廃墟のようなそれぞれの部屋に、それぞれの装いは、それぞれの似合い方をした。一人ずつでも撮ってもらったし、三人で、あるいは二人ずつ写った写真は、違う世界から来た三人組の邂逅のようで、不思議で、物語性があり、調和していた。

意外なことに、私に一番似合っていたのは廃墟風の地下室だった。コンクリート打ちっぱなしの部屋に、アンティークのソファや小さな机、ランプ、旅行鞄などが置いてある部屋で、廃墟、というほど荒れた感じはないが、生活感もない。自然光のよく入る上の二部屋と違い、ストロボで撮る。その人工的な、ちょっと冷たい光で撮られた写真が一番気に入った。やわらかい光を纏っているより、かたい光に輪郭を切り出されて、つんとした顔をしている、あるいは驕慢な微笑みを浮かべているのが似合っていた。私は優しくやわらかい印象を持たれたり、知らない人に話しかけられたりすることが多いのだけれど、むしろ近付き難いくらいになりたかったので、喜ばしいことであった。

怖れずに年を取っていける気がした。

時空の裂け目の撮影会

私がロリィタを着始めたのは、パンデミック下の二〇二〇年、それまで盛んに行われていたというお茶会などのイベントがみんななくなってしまったときだったので、ともにロリィタに飛び込んだ元からの友人たちを除くと、自分以外のロリィタに出会う機会は長らくなかった。はじめて他のロリィタさんと交流したのは、一年後の冬、ロリィタブランドTriple*fortuneの新作展示会に参加したときだった。

その少し前、ATELIER PIERROTではじめてTriple*fortuneの服を購入した。銀糸の織り込まれた、純白のドレスで、その名も「フェアリードレス」という。間もなくして、原宿のデザインフェスタギャラリーで展示会が行われることを知り、勇気を出して単身乗り込んだ。そこでもう一着Triple*fortuneのお洋服を購入することになるとは知らずに……。

展示会では、ブランドのデザイナー・ディレクターをはじめ、参加者の方みなとても優しく迎えてくれた。そこで出会った人の一人に誘われて、翌日のクリスマスパーティに参加した。集まったのは初対面の人ばかり、初対面ではないとすればTriple*fortuneの展示会で出会った人たちである。それまでの私なら人見知りするところだけれど、ロリィタという共通点があるから怖くなかった。

食事を終えた後、メルヘンチックに飾り付けられた会場のスタジオで、集合写真を撮ったり、思い思いに自撮りをしたり、互いに撮影し合ったりした。装いに気合を入れている人たちは、その装いを写真に残すことにも気合を入れるし、自分を美しく見せようとすることへの気後れをとうに乗り越えていて、そのことが心地よく感じられた。美しくあれという規範と、自分の美しさに無頓着であれという規範のダブルバインドにうんざりしていたから。

隣に座った方に撮影を頼むと、このブースはお洋服に合うんじゃないかな、こういうポーズはどう？　レースのカーテン越しに撮ってみるよ、クリスマスツリーとのショットはもう撮った？と色々な提案をしながら何枚も写真を撮ってくれて、その細やかさと審美眼がとても新鮮であり、うれしかった。お人形や妖精のようになりたいことを馬鹿にされるのではないかと怖れる必要はもうないのだとわかった。

写真を撮ってくれたのはロリィタのハンドメイド作家の夢小路ありささんで、rubyBlossomというブランド名でこういう作品を作っているんですよ、とドレスの裾を持ち上げて見せてくれた薔薇模様のドロワーズがたいへん可愛かった。その方の美意識があまりに私にフィットして、その後数ヶ月のうちに指輪も髪飾りもドレスも購入することになる、という話は今は置いておくとして。

春になり、ありささん主催の、スタジオでの撮影会に参加した。「ハナノスミカ」というそのスタジオは、鮮魚店や惣菜店の並ぶ昔ながらの商店街の只中に、時空の裂け目のように存在する、幅の狭いガラス扉の向こうの、異次元のように可愛い空間だった。アンティーク家具が並び、天井からはドライフラワーが吊り下がり、可愛いアクセサリーや靴などが棚にぎっしりと詰め込まれ、メリー・ゴー・ラウンドの木馬が夢みるように立っている。

私は「園遊会ドレス」という名前もロマンティックな、rubyBlossomのワンピースに、指輪も髪飾りもrubyBlossomで揃えて行った。どのアイテムもその空間にとてもよく馴染んでいた。

カメラマンとして参加していたのは、ありささんの以前からの友人であり、本人もゴスロリが好きだという乃々雅《ののみや》ゆうさんで、撮ってもらった写真の中でも、ピンク色の木馬と一緒に写った一枚が特に気に入った。その頃ちょうどはじめての小説集『無垢なる花たちのためのユートピア』が刊行される時期で、プレスリリースに著者近影を使いたいと版元から言われたので、その写真を使わせてもらうことにした。ゆうさんに使用許可をもらえるか連絡した際に、小説を書いていて、今度本が出る、と説明したら、本を買って読んでくれたのも嬉しい驚きだった。


その時出会ったゆうさんに、たびたび撮影してもらうようになった。

おかげで著者近影には困らない。写真はランダム封入できるほどある。

著者近影を公開することには、やはり毎回躊躇いがあって、それでもお気に入りの写真が手許に沢山あり、自分の姿を晒すというよりは自分の好きな画をひけらかすみたいに一枚選んで送ることができるのは、私の心を楽にする。

ゆうさんが舞台俳優でもあることも関係しているのだろうか、写真に写ることは、一瞬の舞台の上で演じることであると感じるようになった。カメラマンさんと、自分と、背景や衣服や小物、すべてでひとつの世界を作り上げる。自分はその中で一瞬だけ何かを演じる。あるがままの自分（などというものがあるとして）を他者の目によって切り取られるのではなくて、意志的にその世界に参与し、その世界を構築することを、楽しいと思う。

ある時、Twitterで年配の男性歌人が同年代の女性歌人の若い時の写真を貼って、「彼女はフランス人形のようだった」「彼女は自分たち男性歌人のミューズだった」という旨の発言をした。その男性歌人が自身を含む短歌運動の歴史について語る際に、女性歌人の名を挙げないのはなぜかと問われたことへの返答であり、その女性歌人を評価してみせる身振りで、その作品ではなく容姿のみを、本人の業績ではなく男性への影響のみを取り上げるという、非常に差別的なものだった。

多くの批判が寄せられたのが救いだったけれど、暗澹たる気分になった。自分もそのように扱われるのだろうと思った。大学や短歌の世界でセクシュアル・ハラスメントに遭ったり、性的に消費されたりするたびに、この男性優位の社会で、自分は男性たちの研究や創造の出汁にだけされて、消えていくのだろうかと思っていた。消えてなんかやりたくないという一心で踏み留まっていた。

一時期、男性の知人たちとともに美術館や画廊に行くと、強烈な視線を感じることがたびたびあった。私が美術作品に気を取られているから気付かないと、思っていたのだろうか、同行者たちは私の横顔や脚を、オブジェのように鑑賞していた。

私は、振り向くことができなかった。気付かないふりをするしかできなかった。あの頃の私はずっと下を向いていた。自分に注がれた視線と目が合ってしまうことが怖かった。目が合ってしまったら、その視線を肯定することになってしまうような気がしたのだ。

でもかれらはそれを、黙認されている、と解釈することにしたのだろうか、より深く私を侵蝕しようとしてきた。

後にレベッカ・ソルニットの『私のいない部屋』（左右社、二〇二一年）を開いたら、一ページ目からこんな一節が目に飛び込んできて、泣きそうになった。


「美しい女の死はこの世でもっとも詩的な主題である」と書いたエドガー・アラン・ポーは、むしろ生きようとする女の身になって考えたことはなかっただろう。私は誰かの詩に謳われたくはなかったし、死ぬのも御免だった。私は私自身の詩を見つけようとしていたのだ。


私は誰のミューズにもなりたくない。私はただ私だけの詩神で、私を消費しようとする奴らに愛想良く微笑みかけたりなんかしないいんだ。

絶対に。

#6 魔女は終わらない

物語の中から来た服

自分の物語の中の服を手に入れてしまった、と気付いたのは、そのお洋服を購入した後のことだった。

私の物語には、よく姫であり巫女である少女が登場する。と言っても、今のところ活字になった作品の中には入っていないのだけれど、小説家デビュー前、創元ファンタジイ新人賞に応募して最終候補に残った長篇ファンタジー「海神虜囚抄」などがそれにあたる。海神を祀る巫女である少女が主人公、と言っても、作中では一言も喋らない。「聖性」を背負わされてしまったがために、「人間性」を獲得することが難しい、汚れてまで生きていきたいと思うことができない、そんな少女だ。

そういう少女に私がよく着せるのは、銀糸の刺繍が施された純白の衣である。「神聖さ」を表現するには、ありきたりだけどやはり純白が一番ではないか。しかし白一色ではなく、その中に沈んだ銀糸の模様が光の加減で浮かび上がると、贅を凝らした豪奢さとそれを殊更に誇示しない気品まで感じられるように思う。

それはあくまでも私の想像の中の衣だった。だからある一着の服を手に入れた後、これはまさしく私の物語の中から抜け出してきた衣ではないか、と気付いたときは、運命のように思えた。

ATELIER PIERROTを見ていたとき、ぎっしりと服の吊り下げられたラックから友人がふと引き出した一着から、目が離せなくなった。銀糸のレースが重ねられた、純白のドレスである。その日は特に服を買う予定はなかったのだが、何度も何度もその服のところに戻ってきた挙げ句に、試着をした。

白、は好きな色だったけれど、真っ白な服を着られるようになったのはほんの数年前のことだったと思う。親譲りの粗忽者である私は、白を着るとすぐに汚してしまいそうで怖かったのだ。それに、コーデの一部ならともかく、全身白はあまりに目立つ気がしていた。けれどある時、古着屋で「変なTシャツ」を熱心に漁っていた後輩に、「目立つ服を着こなすコツってある？」と聞いてみると、「堂々と着ることです！」と即答されてなるほどと思い、白を解禁した途端、真っ白なワンピースが三着ほどもクローゼットに並ぶようになった。それはロリィタを着始める前のことで、白いロリィタ服はまだ持っていなかった。

服は、試着してしまったらもう引き返せない。服は着る人がいるといっそう美しくなるものだし、そうなると「この服は私のために生まれて、私をずっと待っていたんだ。私が着なくては」という気持ちになってしまう。その服はあまりに私に似合っていた。Triple*fortuneというブランドの、商品名は「フェアリードレス」。フェアリードレス？　それ、私のための服ですよね？　私、妖精だし……。

ロリィタにはまってまだ日が浅かった私は、自分が服を買う頻度のいまだかつてない高さに恐れをなし、その日はいちおう買わずに帰った。ATELIER PIERROTならWebショップもあるから、いったん冷静になって、それでもほしければ通販で……と思ったのだ。ところが、検索してもWebショップに出てこない。他のセレクトショップにも、まるで入っていない様子である。この店舗にはもうこの一着しかない、という店員さんの言葉が頭から離れない。この様子では、この店舗になければ他の店舗で……というわけにもいかないかもしれない。あのフェアリードレスが他の人の手に渡ってしまったら、後悔してもしきれない、という気持ちになり、居ても立ってても居られず、その次に都内に行ける日になるとATELIER

PIERROTに駆け込んだ。

どうやら、もともと多くは作っていない服で、私が出会ったときにはほとんど売れてしまっていたらしい。色は他に黒×紫とミントグリーンがあったが、白が残っていたのは奇跡のようだった。その後に再販されたときは、白ではなく生成りになっていたので、このとき白を手に入れられなかったらずっと後悔しただろう。

ちなみに、ミントグリーンが一着だけお店に入ったときには急いで駆けつけた（が、一足早く売れてしまっていた）し、再販されたときは黒×紺のカラーを買ってしまった。

歌集『Lilith』を出版したとき、この歌集に収録した歌をイメージしたコーデで友人たちと集まり、銀座三越のフォートナム・アンド・メイソンでアフタヌーンティーをしたのち、街中や公園で写真を撮り合った。私は〈はつなつの森をゆくときたれもみなみどりの彩色玻璃窓《ステンド・グラス》の片《ピース》〉をイメージして、#5の「私たちの二分の三成人式」にも登場する、古着のワンピースを着た。森のような深い緑の地に薔薇が散って、その下にパッチワークのような四角い模様が鏤められているのがステンドグラスのようだったからだ。

〈魚《いを》の眼を喰ひ果たしては離れゆきひかりは寄生虫の眷属《はらから》〉を選んだ一人は、魚をおもわせる流線型のシルエットにモノトーンで決め、光から眼を守るサングラスで、〈魚〉と〈ひかり〉の関係を表現してくれた。〈わがウェルギリウスわれなり薔薇《さうび》とふ九重の地獄《Inferno》ひらけば〉を選んだ人は、アシンメトリーなスカートのプリーツで、ぎっしり重なり合う薔薇の花弁と、地獄の九つの層を表現した。最後の一人は、水色の点々と散る着物で、歌集の表紙を表してくれた。

短歌を纏うと、自分が一首の歌になったようで心地よい。

『無垢なる花たちのためのユートピア』を刊行した頃、表題作に出てくる少年たちが着ているような、セーラーブラウスに半ズボンのコーデをやりたくなった。ちょうどよく、axes femmeで紺のラインが入ったセーラー襟に星座の刺繍の施された白いブラウスと、白のストライプの入った紺色の半ズボンを見つけた。

その頃、友人のカメラマンの乃々雅ゆうさんが少年装で写真を撮りたがっていたので、その服を着て撮影してもらうことにした。場所は、池袋にある「すたじお金魚」という古いスタジオである（その後、オーナーの方が亡くなってしまった）。私の方では着たい服があるだけで、撮ってほしい写真のイメージが具体的にあるわけではなかったので、ゆうさんにお任せで撮りたいものを撮ってもらうことにした。すると出来上がったのは不思議と、『無垢なる花たちのためのユートピア』の表題作の世界とシンクロする画になった。一人の少年が他の少年たちに手を振っているらしき場面、鏡の前で胸のリボンを直している場面、薄闇の中でランプを手にして、何か秘密めいたものに触れてしまったような気配のある場面。横たわった少年の胸を花が覆っている場面すらあった。

私は別に自作のコスプレをしようと思っていたわけではなかったのだけど、いや、あの時セーラーブラウスが着たくなったのはやはり自作のせいだろう。私はいつの間にか、自分で描いた物語の世界に入り込んでしまったのだ。

あの物語は、決して進んで中に入りたくなるようなものではない。表面は美しくても、内実はグロテスクで残酷な——現《うつつ》と変わらぬ世界だった。私はあの世界を、自分の経験を元にして書いたのだから。登場人物の一部にはモデルもいて、自分自身が元になっているのが誰かといえば、話が始まると同時に死んでしまった、一言も台詞を持たぬ少年なのだった。自分を押し潰す醜い現実に抗うことができず、黙って死を選ぶしかなかった少年。私の気持ちに一番親しいのは彼だった。私は一時期、ひどく死にたかった。死にたかったが生きたかったので、その選択を登場人物に取らせた。自分の身代わりとして彼を死なせることによって、私は生き延びた。

だから私はずっと彼なのだ。自作の中で死なせた少年をみずからなぞるというのは、歪でグロテスクな気もするけれど。

作者が自作のコスプレをするというのも何なので、その写真は、時系列を捻じ曲げて、件の小説にインスピレーションを与えた映画のスチル写真という設定にしてある。

その時、別のコーデでも写真を撮ってもらった。こちらは少年装というより皇子寄りの装飾的な服装だ。姫袖にロングテールの、ひらひらとした白いブラウス、黒いオーガンジーのフリルで縁取られた、黒いロングジレ、まるく膨らみ、裾には銀糸の縁飾りのついた黒いハーフパンツ、百合の花やチュールの飾りがついた、白いシルクハット。

同じ銀髪ボブに同じ顔をして、時代や様式のまるで異なる二通りの服を纏ったそれらの写真は、二人の少年についての物語を語り出すような気がする。一人は二十世紀の夏休みを過ごす少年。彼は古い屋敷で、百年も前の服装をした、自分と瓜二つの少年に出会う。それはかつて彼の一族の一人であった、永遠に少年のまま過ごしている吸血鬼であった、というような。

架空の香水を考える

「キャラ香水」というものがある。主に漫画やアニメの登場人物をイメージした香水で、グッズとして版元から売り出されたりする。私は漫画やアニメには疎い方で、自分がものすごくはまっている作品やキャラクターが香水になったという経験はない。それでも、自分の知っている作品のキャラクターが香水になったことはある。

ある漫画のキャラ香水が出たとき、姉が「別に推しってわけじゃないのにほしくなってきた……」とぶつぶつ言いながらウェブサイトを私に見せてきた。主人公の香水は、なるほど彼の性格を一言で表すとこうなるのか、と思えたし、別の登場人物はオークモスにシダーウッドと「あまりにも自分の好きそうな香りだから、キャラクターまで気になってきた」と言う。それらの香水のキャプションは、キャラクターの性格を的確に要約しながら、それを香料に変換して表現していた。香水はたいてい、時間経過によって香りが変わり、最初の香り、中間の香り、最後の香りをそれぞれトップノート、ミドルノート、ラストノートと呼ぶ。つまり香水には時間の要素がはじめから含まれているのである。キャラ香水だったら、第一印象から秘めた内面までが次第に見えてくる様を表現できるわけで、そこには人間の複雑さが織り込まれている。キャラクターのイメージ通りの香りだったとしても満足だし、意外な香りがしてきたら、そのキャラクターのまだ見ぬ一面が垣間見えて、スピンオフくらいの楽しみがあることになる。

そういったことを了解したとき、私が抱いたのは、いいなあ、という気持ちだった。私もほしい。既存のキャラ香水がほしいのではない。自分も、自分の作品から作られた香水がほしいと思った。

キャラ香水が作られるのはアニメや漫画の中でもよほどの人気のあるものだけで、自分の小説でキャラ香水が売り出されるようになる未来はちょっと想像がつかない。そこで私が取った手段は、「架空の香水のキャプションと香料を考える」というものだった。『無垢なる花たちのためのユートピア』に収録した各短篇が、またその登場人物たちが香水だったらどうなるか、を考えてみたのである。私にとって香水の一番おいしいところはテキストの部分だから、香りは想像で補えばよい。

というわけで、考えたのがこちら。小説のネタバレになる可能性があるので未読の方はご注意を。

まずは各作品。

作品編

無垢なる花たちのためのユートピア

ありったけの花をブーケにして抱きしめたような、甘美ながら清楚な香りは、まるで地上の楽園。しかしそこに潜む棘に気づいた時、見えていた世界は一変する。甘い夢に溺れる？ 汚れていく覚悟をする？ 最後に残るマリンノートは、涙、それとも、新たな旅立ち。

top: ロータス、ジャスミン、ローズ、ヴァイオレット、アイリス、フリージア
middle: ブラックペッパー、ベチバー
last: オゾンノート、フランキンセンス、ホワイトムスク

楽園に見えた場所に潜む謎を解明していく物語なので、「時間」という要素が重要だ。花にたぐえられた少年たちが共同生活を営んでいるので、トップノートは様々な花の香りが入り混じっているといい。それも、癖の強い香りや甘すぎる香りではなく、瑞々しく爽やかな香りが合っている。神聖さも感じさせたいので、お香やお寺をイメージした香水によく使われるフランキンセンスを入れる。ただし、これは香りが長持ちする香料なのでラストノートになる。ミドルノートで、優しい花の香りだけではないことを知らせる、スパイシーな香りと、花が土にまみれていくことを表現するために、土っぽいと言われるベチバーを入れた。空を飛ぶ船とはいえ航海の話なので、海っぽい香りをラストノートに入れる。ほろ苦いような涼やかなような、解釈の分かれる終わりを感じてほしい。

◈白昼夢通信

水に浮かぶ花が醸し出す、うたかたの夢のような香りと、時折混じる墨の匂い。調和が取れているかに思えた香りは、しかし、時とともに離れ離れになっていく。嗅覚が奏でる不協和音。

top:　ウォーターリリー、ロータス、アイリス
middle:　竜脳

last:　白檀

色々な要素が取り留めもなく混在している小説なので、中心となるモチーフを取り出すのは難しいが、雨の降り続く街が出てくるので水っぽさを感じさせる蓮などの花の香りを使った。それから、書簡形式なので墨の匂い。墨に入れられる香料はいくつかあるが、この小説では竜が大きな役割を果たすので、名前的にも「竜脳」がいいだろう。

◈**人形街**

完璧な美しさに、あなたは耐えられる？　それは疵ひとつない、純白の百合の香り。他に何もいらない。百合は百合だけで完全だから。狂おしいほど高貴で、慕わしい香りは、あなたの存在を必要としない。けれどあなたはきっとそこに、解釈を加えてしまう。

note:　非公開

これは、「純白の百合の香り。他に何もいらない」と言っておきながら、香料が非公開なのがポイント。本当に純粋な百合の香料でできているのかどうか知る者はいない。

最果ての実り

繊細な花の香りと、無骨な鉄の匂い。出会うはずのなかったふたつが、今この時はともにある、それだけのこと。

ジャスミン、ウィステリア、フリージア、ヴァニラ、インセンス、オゾンノート

これはトップノート、ミドルノート、と書き分けず、時間経過による変化が少ない香水にした。起承転結のある小説ではあるが、香水の中では幸福な束の間の時間だけを表現したかった。花の香りと鉄の匂いだけでいい。

ちなみに、鉄の匂いのレシピを知りたくて、金属っぽいと言われている香水を調べてサイトで構成表を睨んでみたのだが、よくわからなかった。香水は香料を全部公開しているわけではないので、金属っぽさのレシピは企業秘密なのかもしれない。この香水も、非公開の香料が入っているということにしておく。

いつか明ける夜を

目を閉じて。世界は、今まで気づかなかったほどの芳醇な香りに溢れている。ひやりとした水の匂い。湿った土の匂い。あなたが踏む苔の匂い。年経た石造りの館の匂い。どこ

かで上がる火の手の匂い。目を開けたら、あなたはこの匂いを忘れてしまうから、目を開けてはいけない。決して。

オークモス、ベチバー、オゾンノート、ロータス、パチョリ、フランキンセンス、シダーウッド、アンバー、タバコ

こちらも時間の要素は使わなかった。私たちが太陽の推移で数えるような時間のない世界だからだ。光のない、視覚以外の感覚の研ぎ澄まされた世界なので、香水で表現するのにふさわしいと言える。しかしその世界には終末が近付いている。この香水の中では、戦火としてそれは現れる。

卒業の終わり

ヴァニラと紅茶の香りに混ざる、苦いオレンジピール。溢れ出す、封じ込めていた記憶。郷愁を誘う香りは、オセロの駒をひっくり返すように見知らぬものに変わっていき、異邦人となったあなたにそれでも最後に寄り添うのは、淡い桜の香り。

top:　ヴァニラ、ベルガモット、ホワイトティー、ビターオレンジ

middle: イランイラン、マリンノート
last: チェリーブロッサム

「無垢なる花たち〜」と同様、隠されていた真実が次第に明かされていくタイプの小説なので、時間経過が重要だ。「お茶」の場面から、お菓子と紅茶の香りを持ってきた。信じていた世界が崩れていくことを表現するために、異国を思わせるエキゾチックな香りをミドルノートに持ってきて、最後は「卒業」というモチーフに沿うラストシーンの桜を入れたが、現実にはチェリーブロッサムの香りは早めに揮発するのでラストノートには多分ならない。

それから、「無垢なる花たち〜」から登場人物を三人連れてきて香水にしてみた。

登場人物編

白菫

控えめな菫の香りに、清潔感のある水の香りが沿い、可憐ながらどこか手の届かない清らかな空気を醸し出す。微笑みの裏に見え隠れする苦い憂いが胸を刺す。摑もうとしても

指の間からすり抜けていってしまう、儚げな存在感。そしてその後に残るのは——大きな謎。あなたは誰？

top:　ヴァイオレット、ガーデニア、ミュゲ、ロータス
middle:　グレープフルーツ
last:　インセンス、サイプレス

「白菫」という名前なので、菫の香りは欠かせない。そこに水っぽい花の香りを合わせ、清楚さと摑み難さを出してみる。けれどその奥にグレープフルーツの苦さを垣間見せて、最後には謎めいた雰囲気を残したい。

❖矢車菊

瑞々しい花の香りの中に青くさいグリーンが際立ち、優しさとまっすぐさが同居する、向日性の香り。しかし時間が経つにつれ、決意を胸に秘めた、凜とした芯のある香りへと変化していく。その底に漂うのは、忘れられない、菫の香り。最後にはほのかなスモーキーさが不穏な予感をもたらす。

top:　アップル、ペア、ヒヤシンス、フリージア
middle:　バジル、タイム、ヴァイオレット
last:　ホワイトムスク、アンバー

無邪気でまっすぐな主人公なので、最初は爽やかな花の香りにした。ちなみに矢車菊自体には香りがない。けれど彼は話が進むにつれ変化していく人物で、その鍵となるのは親友の白菫だ。そして最後に彼が取った決断は、というところで不穏さを漂わせたい。

◈冬薔薇

優美さと野趣が同居する、棘のある紅い薔薇の香りの中から、ハードなレザーとスパイスの香りが牙を剝く。しかし傷ついた心が弱さを曝け出したとき、包み込むような優しさへと変わっていくだろう。最後にはかすかな解放感が傷を癒していく。

top:　ローズ、チュベローズ、レザー、ブラックペッパー
middle:　ヴァニラ、トンカビーンズ
last:　フェンネル、シダーウッド

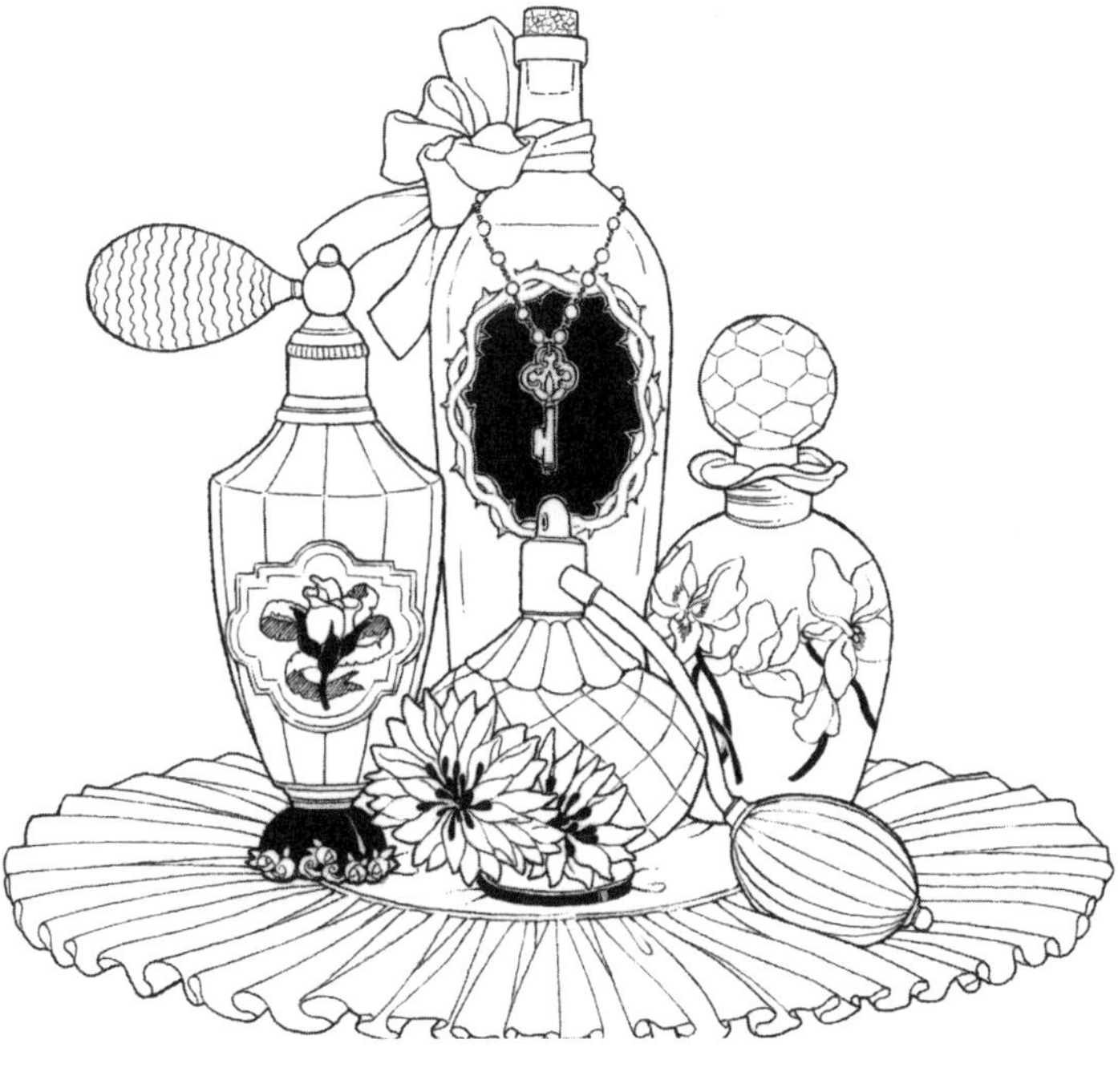

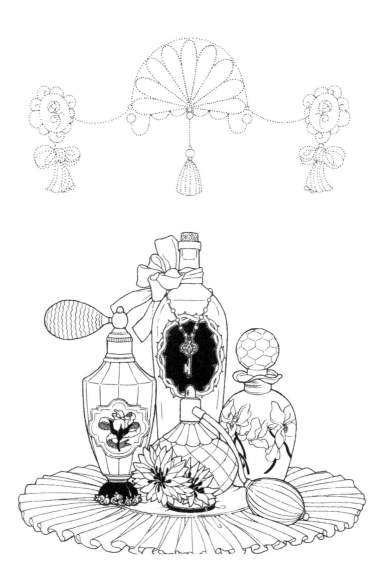

不良少年っぽさが周囲を惹きつける彼にはハードめの香りを最初に持ってきた。けれど彼の刺々しい態度が隠していたのは、ということで意表をつく甘い香りを取り合わせ、最後は爽やかに終わらせた。

興味深いことに、こうしてみると、自分の文体がどういった香料で構成されているかが見えてくる。だいたいフローラル系の香り。香水としてはチュベローズのような濃厚な甘さのある香りも好きなのだけど（しかし多くの場合「官能的な香り」という説明がついていて、何が官能だ、と勝手に腹を立てることになる。私には理解できない感覚だ）、そうではなくロータスやアイリス、フリージアといった、水っぽさや青さの感じられる、重くないタイプの花だ。ジャスミンも少し。そこにブラックペッパーなどのスパイスや、ベチバーなどの「汚し」要素を入れる。そしてフランキンセンスやホワイトムスクなどの荘重さや神聖さを感じさせる香りか、オゾンノートなどの人工的な感じのする香りを足すと、概ね私の文体になるのではないだろうか。

なお、掌篇集の『月面文字翻刻一例』には、なぜかいい香りのしそうな作品が少ない。どちらかというと腐臭や屍臭が漂っている。「遠き庭より」は理想的な薔薇の香水になるし、「水墓」なんかはきんと冷たい水の香りになって面白そうだけど、「天屍節」は最悪。花の香りと屍臭が入り混じっている。でもちょっとほしい。

架空のコスメを考える

この架空の香水のキャプションをTwitterに投稿したところ、「コスメバージョンも見たい」と言われた。コスメ、なるほどね。しかし香水と違って、コスメはテキストだけでなくポスタービジュアルも必要な気がする——と思い、慣れないデザインアプリまで使い、フリー素材を駆使して、各短篇をコスメ化してみた。

ここには画像を載せられないので、文面だけでも楽しんでほしい。

◈無垢なる花たちのためのユートピア(カラーマスカラ)

〜あなたの見る世界はなにいろ〜

白百合　きれいなものだけ、見ていたい。きよらかピュアホワイト。

白菫　あなたが見ていた世界は、楽園でしたか?　はかなげくすみラベンダー。

金雀枝　見てはならないものを、見てしまったら。すなおなミモザイエロー。

勿忘草　誰にも、見えていないの?　泣きたいスカイブルー。

銀盃花　もう、目を閉じていいですか?　ひめやかシルバーラメ。

矢車菊　この目で、真実を見極める。まっすぐマリンブルー。

忍冬　あなたに見える世界が見たい。おだやかリーフグリーン。
冬薔薇　まなざしで、世界に火をつけろ。反逆バーガンディ。

大体は花の色に合わせたのだけれど、白百合に白菫、銀盃花と白系統の色が多すぎたので、忍冬には花の色と葉の色を混ぜたミルキーなグリーンを担当してもらった。自分だったら白菫と冬薔薇をヘビーローテーションすると思う。

◈白昼夢通信（ネイルポリッシュ）

瑠璃　竜のうろこを、あなたにも。
のばら　爪は一枚のはなびら。
花嵐　人形だったときの記憶。
雪柳　魂に悩まされたらおいで。

「瑠璃」は瑠璃色、「のばら」は薔薇色、「花嵐」は桜色、「雪柳」はミルクベージュ。

◈人形街（リップ＆チーク）

かんぺきな美しさが怖いなら、血の通った人間のふりをしてあげようか。血色になりすますレッド・コレクション。

指で取ってリップとしてもチークとしてもつけられる、クリームタイプのもの。「レッド・コレクション」ではなく深紅のもの一色だけでもいいと思っていた。

◈いつか明ける夜を（コントゥアリング）

目に見えるものを、信じるな。

夜　シェーディング
月　ハイライト
夢　コンシーラー

色のない、視覚もほとんどない世界の話なので、こっそり仕込むタイプのカラーレスなアイテムにした。私は「ありのままの美しさ」とか「ナチュラルビューティ」といった概念が苦手なので、コスメでも「騙す」とか「嘘」といった言葉の入ったコピーに惹かれる。というわけで、〈人形街〉とともに「偽装」を謳ったコスメにした。

◈最果ての実り（アイシャドウパレット）

右上…装甲　陽の光をはね返す、シルバーラメ。

右下…曠野　退屈があなたを夢に誘う、締め色サンドベージュ。

左上…花季　せめて誰のためでもない、ペタルピンク。

左下…森　豊穣があなたを孤独にする、マットなフォレストグリーン。

中央上…#FA93E9　名前を知らない夜明けの色、偏光ラメきらめくフューシャピンク。

中央下…湖　溺れることが唯一の休息だった、シアーなヘブンリーブルー。


六色入りのパレットで、左右から出発した二人が中央で出会うのをイメージしている。真っ赤な「実り」の色を入れようか迷ったけれど、このパレットの中では幸福なひとときを留めておくことにした。

他のコスメでも画像内の見本の色にこだわったのだけれど、ことにアイシャドウはラメやグリッター、マットなど、一色ずつ異なる質感を表現するのに心血を注いだ。私自身は締め色をあまり使わないが、カラフルなアイシャドウばかり詰め込むとコスメとしてのリアリティが薄れてしまうので、締め色として使える「曠野」や他の色の上にトッピングできるカラーレスなラメシャドウ「装甲」などを入れて、一般的な使いやすさを追求しつつ、グリーンにブルーにピンクと、遊び心のあるメイクもできる色を揃えた。

❖卒業の終わり(リップグロス)

雨椿　ぬかるみに落ちた花首のように、あざやかに忘れがたいカメリアレッド。
月魚　水に映る月のように、かろやかに捉えがたいムーンゴールド。

この作品はなんとなく湿度が高めなので、うるおいのあるリップグロスが合うように感じた。「雨椿」も「月魚」も水に関係がある名前だからだろうか。

なお、『月面文字翻刻一例』は全五十一色の単色アイシャドウだと思う。「月の鱗粉」は文字通り月の欠片みたいな金のラメがざくざく入っていてほしいし、「不寝番」は鮮やかな芥子の朱。「水死」はほのかに発光するような薄紅で、「桜前線異状なし」はそれよりやわらかい桜色。「蟲科病院」はラピスラズリの碧だろう。

そんな空想をたくましくしていたところに、SUQQUから二〇二二年ホリデー限定コレクション「冬薔薇」が発売されるというプレスリリースが飛び込んできて動揺した。アイシャドウパレット、チーク、リップなどが含まれるコレクションで、アイシャドウパレットのひとつはそのまま「冬薔薇」の名を冠している。以前からコスメの名前やコンセプトに心惹かれること大であったが、自作の登場人物と同じ名前の限定コスメコレクションが発売されるとあっては黙っていられない。しかもクリスマスコフレとかホリデーコレクションと呼ばれるクリスマスシーズン限定コスメは、一年の中でもとりわけ贅を凝らした華やかなラインナップになる。デパコスに手を出したら破産すると思ってプチプラコスメを愛でるに留まることにしていたのだが、生まれてはじめてホリデーコレクションを予約した。さすがに全部は買えないので、アイシャドウパレットの「冬薔薇」だけにしたけれど。やや黄み寄りの、私には似合いにくい色だが、使いこなしてみせる。

そうしたら、今度は同じSUQQUのリップコレクションから、「白菫」というカラーが限定発売されるという知らせが飛び込んできた。しかも白っぽいライラックという、私が好きでかつよく似合う色である。「白百合」や「矢車菊」ならまだしも、「冬薔薇」に「白菫」は、ちょっと一般的な花の名前のラインナップからは外れていて、とても偶然とは思えず、私を狙い撃ちしているのかと思ってしまうほどだ。……が、なぜ私は自分の小説の非公式グッズを自分で買い集めようとしているのだろうか、と冷静になった隙に「白菫」は完売になっていて、残念なようなほっとするような気分だった。

香水やコスメはその背後に物語が広がっているような感じがするところが好きなのだけど、物語を香水やコスメに落とし込んでそこから物語を嗅ぐのは倒錯しているような気もしなくもない。それでも。

物語を作るのは一種の魔法だ。この世を歪め、乱し、作り変える、危険な魔法。魔女はこの世を脅かす存在だから、魔女狩りにも遭ったけれど、いまでも悠々と魔法の薬を作っているというわけ。
そんな魔女のレシピの、これは一環である。

#7

エルフは眠らない

出航前

二〇一九年八月。私は大急ぎで荷造りをしていた。数日後にイギリスへ旅立つことが急に決まったのである。目当ては、バーミンガムで開かれる〈Tolkien 2019〉。トールキン協会設立五十周年を記念するイベントである。トールキン協会はJ・R・R・トールキンの作品と生涯の研究と広報のための団体で、定期的にカンファレンスを行っているそうだが、今回のイベントは五十周年記念のためかつてない規模で開催するとのことだった。

開催が発表されたときから行きたいとは思っていたが、金銭的に厳しいと思い諦めかけていた。ところが、当時副社長を務めていた会社から研究目的での出張費が降りることが急遽決まり、行けることになった。それがイベント開幕の数日前。海外旅行の経験が乏しく、国内でさえ一人旅などしたことがない私が「さすがに無理かな……」と弱気につぶやくと、「あと五日あるんでしょ？　やらなきゃいけないことは何？　五日以上かかることなのか？　日和るんじゃない」と社長である友人に叱咤された。「海外旅行、どれくらい直前に決めて出立したことがありますか？」とTwitterで聞くと、「出発十二時間前に海外旅行を決めた」とか、「当日の朝三十分で荷造りをした」とか、「宿は行きの空港で予約する」といった強者の友人たちの経験談が次々と寄せられた。

トールキンとの出会いと再会

トールキンといえば、言わずと知れたファンタジー小説の金字塔、『指輪物語』の著者である。私がはじめて『指輪物語』を読んだのは小学六年生の終わりで、読みながらその感想を綴る日記をつけ始めたくらい、その世界に引き込まれた。書店での選書フェアで『指輪物語』を取り上げた際、コメントに「『指輪物語』を読んだその日から私は住民票を中つ国に移しました」と書いたことがあるが、それは決して大袈裟ではない。

物心ついたときから物語を作り、作家を志していた私には、毎晩ベッドに入ってから眠りに就くまでの間、物語を考えるという習慣があったのだが、その時から長年の間、すべての物語の舞台は中つ国になった。ダイアナ・ウィン・ジョーンズの『九年目の魔法』という小説に、物語を書くのが好きな女の子が『指輪物語』を読んだ途端、『指輪物語』の二番煎じのような物語を書くようになってしまい、年上の友人に「トールキンから盗んだね」と見抜かれるというくだりがあって、それを読んだとき私は大いに共感したものである。なお、ダイアナ・ウィン・ジョーンズはオックスフォード大学でトールキンの授業を受けていたという。

中つ国の世界で、私が最も惹かれ、なりたいと願ったのは、神秘と叡智を身に纏う、美しく長命なエルフたちだった。私が思い描く中つ国の物語の主人公はいつもエルフの女の子だったのだけれど、今から思えばそれは私だったのだろう。

その後すぐに中高一貫校に入学し、当然のように文芸部に入るつもりだったのだが、突然ＴＲＰＧ同好会に入ったのは、部活紹介に書かれた「『指輪物語』のような剣と魔法の世界で冒険できる」という一言のせいだった。ＴＲＰＧが何なのかも知らず、それどころか一般的なＲＰＧ（というのは順序が逆で、ＴＲＰＧ＝テーブルトークＲＰＧがコンピュータゲームに移植されたのがいわゆるコンピュータＲＰＧなのだけれど）もやったことがなかった。

ＴＲＰＧ同好会の先輩たちには、漫画・アニメ同好会と兼部している人が多かったけれど、私は漫画もアニメもほとんど知らなかった。『指輪物語』の遺産を引き継いだ、「剣と魔法」ものの漫画やアニメ、ゲームの世界にまるで馴染みがないままで、「好きな本は『指輪物語』や『赤毛のアン』です」と自己紹介したので、純粋培養の文学少女だ、といって先輩たちがざわめいた。

私はそうして青春をＴＲＰＧに捧げ、高一の時には会長まで務めることになった。『ソード・ワールド』という、オーソドックスな「剣と魔法」の世界を舞台にしたルールブックを使って遊ぶとき、私が自分の分身として操るキャラクターはいつもエルフの女の子だった。先輩たちにはごつい戦士の男といったキャラクターが人気だったので、バランスはよかったかもしれない。

ＴＲＰＧに青春を捧げた、と言ったけれど、物語を書くことも続けていた。ＴＲＰＧ同好会の他にも、文芸部（結局、二年目になって入部した）や文学同好会に入り、書いたものをはじめて人目に晒した。それは小学生の時までとは打って変わって、幻想的な掌篇になった。私がはじめて、ほんとうに書き始められたと思ったのは、中学二年生の時に書いた、龍をめぐるやや思索的な掌篇だった。

ＴＲＰＧ同好会のあるその中高を卒業し、大学に入った時、私はいったんファンタジーの世界への入口を失った。日常的にエルフになって他の冒険者とともに剣と魔法の世界を旅することはなくなったからである。短歌に出会い、短歌サークルにはまり込んだために、しばらく小説を書くことから遠ざかったせいでもあった。また、大学というのは、すくなくともはじめの数年は、期待を裏切って俗っぽいところで、その中で生きていこうとして私はしばらく自分を見失った。

大学に入る前、私は色々な学問に興味があるつもりだった。文学だけでなく、文化人類学や哲学、美術などにも興味があった。けれど、大学で出会った人たちに色々と振り回された挙げ句、自分は興味のあるものにしか興味がないのだという結論に辿り着いた。振り回された、というのは、多くはジェンダーやセクシュアリティ関連のことで、つまり私が恋愛や性に全く興味が持てないというだけのことを、その頃出会ったほとんどの人たちが否定し、私に「普通」のあり方を受け容れさせようとしたのだった。同じ大学の人たちの多くは、母親が専業主婦の、保守的で裕福な家庭で育って、保守的な価値観を内面化していた。男子学生は、将来結婚する相手には専業主婦になってほしいと公言し、女子学生は、在学中に結婚相手を見つけられなければ（男性は自分より「高学歴」の女性を敬遠するとされているので）生涯独身だと怯え、ほとんどが男性で占められる教員は、教室には異性愛者の男子学生しかいないと思っているような話し方をした。考え方が違う私は、まだ恋をしたことがないだけの子供だと見なされ、反論すると、自分の正しさに固執する子供だと見なされた。

その頃、久し振りにダンセイニの小説を読み直して、涙が出そうになった。ダンセイニをはじめて読んだのは中学生の頃で、ル＝グウィンのエッセイで知ったのだったが、私にはル＝グウィンが絶賛するほど他に類を見ないようなものだとは思えなかった。ダンセイニの描くファンタジー世界は、好きだけれど、私には水のように当たり前のものだった。けれど、久し振りに読んだそれは、水のように私の命に必要不可欠で、ずっと気付かなかった私の渇きを癒してくれた。

そんな日々の果てに、私は興味のあるものにしか興味を持てないという結論に達した。視野の狭い子供だと言われようと、「みんな」――と称する誰か――が興味を持っているものに自分も興味を持たなければいけないのだろうかと頭を悩ませるのをやめた。ほんとうは興味を持てないものに興味を持とうとすると、自分という指標を見失うし、付け込んでくる人がいるのだと知った。

そして、私に残ったたったひとつの領域が文学だった。結局、私は文学しか好きじゃない、と思った。それも、性とか愛とかが主題になる作品は私の手に負えないし、現実とあまりに直結している作品も、「現実」が私には困難なものである以上向いていない。私はそうして中つ国に帰還した。

そう書くと、消極的な選択だったように思われるかもしれないが、そうではない。

学部三年生の終わり、映画『ホビット』の第一部が公開された。『ホビット』は『指輪物語』の前日譚『ホビットの冒険』を実写映画化したもので、『指輪物語』の映画化作品『ロード・

オブ・ザ・リング』と同じピーター・ジャクソン監督が手掛けている。

公開前はさほど期待していなかった。ちょうど『指輪物語』を読み始めた小学生の頃に封切られた『ロード・オブ・ザ・リング』を、今よりもっと偏屈だった私は厳しい目で見ていた。私は原作至上主義者で、小説のメディア化には懐疑的なたちだった。活字は想像力を自由に飛翔させるが、生身の人間と現実の空間を使っての映像化には限界がある。人間よりはるかに気高いエルフを人間が演じるのも冒瀆的に感じられた。

だから、一応観ておくか、くらいの気持ちで『ホビット』を観に行った。しかし、映画の序盤、主人公のビルボが冒険を求めて故郷を飛び出すところで、私はもう胸が詰まって泣きそうになった。懐かしい中つ国がそこにあった。映画は、少なくともしばらく中つ国を離れていた私を引き戻すだけの力を持っていた。その映画は――そして、子供だった私にはわからなかったけれど『ロード・オブ・ザ・リング』も――原作への最大限の愛と敬意を持ったチームによって作られ、博識だったトールキンが中つ国を創り出すにあたって参照したであろう、古代・中世ヨーロッパの文化への深い考証を元にしてビジュアル化されていた。そもそもトールキンは中つ国を異世界ではなく、この地球の遠い昔の姿として創造したので、地球上で実写映画化されるのは間違ってはいなかった。また、日本語版単行本にして六冊分の『指輪物語』を映画三部作にした『ロード・オブ・ザ・リング』に比べて、単行本にして一冊分の『ホビットの冒険』を映画三部作にした『ホビット』の方が、原作に対して忠実だったし、十年の間にCG技術が大きく進化したという事情もあって、『ホビット』は私の期待をはるかに上回ったのである。[*1]

涙にむせんで『ホビットの冒険』と『指輪物語』を読み返した私は、再び中つ国のことしか考えられないようになってしまった。その中で気になったのが、『指輪物語』の翻訳という問題だった。架空の地名や人名は、どういう基準で翻訳されているのか？　それについて調査したいと思ったが、如何せん時は学部四年生になろうという春。卒業論文に取り掛からなければならない時期であり、他のことに現を抜かしている場合ではなかった。

それならば、と私は思ったのである。卒業論文のテーマを『指輪物語』の翻訳にしてしまえば一石二鳥なのではないか？

それ以来、私は『指輪物語』を研究対象とし、卒業論文も修士論文も書き、今は博士課程にいるというわけである。

ふたたび出航前

大急ぎで準備しながらTolkien 2019の公式Facebookページを見に行くと、「宴会に参加する人はsmart-casualかfully smartな服を持っていくのを忘れないようにね！　Ceilidhもあるから、中の人はダンスシューズをパッキングしました」といったことが投稿されている。ドレスコードがあるのか、と思うと途端に気が重くなる。ドレスコードとかTPOとかそういったものはさっぱりなのだ。海外ならなおさらのこと。「スマートカジュアル」とか「スマート」とかいうのがどういう服装なのかわからない。あとceilidhって何？

そう思いながらその投稿のコメント欄を開くと、「馬鹿っぽく聞こえるかもなんだけど、イギリスでの『スマート』な服装ってどういうの？　私の国ではあんまり格式張った場面がないから、パーティにふさわしい服装がわからない」とか、「『スマートカジュアル』って、ジーンズは駄目ってこと？」といった質問が投稿されていた。そうか、世界中から人が参加するんだから、イギリスのドレスコードがわからないのは私一人じゃない。元気が出てきた。

そして、それらの質問に他の参加者や運営側らしき人が「スマートカジュアルっていうのはこういうの」「こういう服装をしてくる人が多いよ」などと丁寧に返信しつつ、「要は結婚式とかの特別な場面に出るときみたいなおめかしをしようってこと」「でも服装がふさわしくないからって追い返したりなんかしない」「自分が快適なのが一番だから、ジーンズが一番快適ならそれでOK、心配しないで」と説明をしてくれていた。え、優しいな。緊張が一気にほぐれていく。おめかしが好きな人はこの機会におめかしして楽しもうねってことだと思えばいいんだ。

更にコメントを読んでいくと、「私はエルフの貴婦人のように着飾るつもり」「私は中世風のドレスを着ていく」と書いている人たちがいる。エルフ？　中世風？　それは私の得意分野じゃないか！　任せてくれ。いきなり気持ちが沸き立った。

常日頃からエルフたらんと欲し、TRPG部の人たちからは現代日本に生息するエルフとして認識され、エルフっぽい服飾品を目にすれば心が浮き立つ私である。森に住んでいそうなファッション、「森ガール」ブームの折には、「森に住んでいそうといえば私だが？」という気持ちになったものだ。何気なく着ていった服を、アメリカからの留学生に「今日の服はmedieval（中世風）だね！」と褒められたこともある。古着屋に行くようになってからは、エルフ風や中世風のヨーロピアンヴィンテージのドレスを集めていた。普段は「こんなものどこに着ていくんだ」みたいな服だけれど（もちろん気にせずどこにでも着ていく）、こんな「そうこなくちゃ！」みたいな機会が来るなんて、夢にも思っていなかった。

突如として私はパッキングに本気を出し始めた。エルフっぽい服や中世風の服を全部引っ張り出してきて、スーツケースに詰めていく。服だけで結構なボリュームになるが、そこは妥協できない。「あのお洋服も持って来ればよかったな……」なんて後悔は絶対にしたくない。

そして私は、エルフとしての装いが堂々とできる、それどころか大勢のエルフ仲間たちに会えるという高揚感で心細さを忘れ、イギリスへと旅立った。

とある高名なビジネスマンが、毎日同じ服ばかり着ることによって、思考のリソースを装いに割かずに済むようにしていると発言していたのはよく知られた話である。私は結果的に、それとは正反対の戦略で生きている。すなわち、装いについて大いに悩むことで、他の悩みを忘却するのである。

はじめての海外旅行

はじめて海外旅行をしたのは、修士論文を提出した後の春休みだった。行き先はイギリスである。

海外旅行をしたことがない、と言うと、大学で出会った人たちには大いに驚かれた。多くの東大生にとっては、子供の時からしょっちゅう海外に行っているのが当たり前だったようである。研究者である私の母はフィールドワークのためにしばしばインドや東南アジアに行っていたと話すと、連れて行ってもらわなかったのか、と不思議がられた。でもそれは仕事だし、子供を連れて行く分の費用は下りないと思う。私が生まれる前に、両親がタイに長期間滞在していたことはあり、姉はそこで生まれたそうだが、それ以降は父も母も単独でフィールドワークに行っていた。

また、海外文学が好きなんでしょ、舞台になった場所に行ってみたいと思わないの、と聞かれたこともあって、それは私にとって驚きだった。そんなふうに考えたことはなかった。

私は本が好きなのであって、本を通して現実のどこか別の場所に触れているつもりはなかった。というより、本の中こそが現実だったのである。本の外の世界に興味はなかった。

冬が、晴れている、と衝撃を受けたことがある。小学生の時である。私は神奈川県で生まれ育った。雪のほとんど降らない、明るく晴れ渡った関東の冬しか経験したことがなかった。にもかかわらず、私は冬といえば灰色だと思い込んでいた。空がどんよりと曇っている季節だと。私が読んでいた、イギリスやフランス、あるいはドイツの小説にはそう書かれていたからである。そして私にとっては、本の中の世界の方が身近だったから、自分が身を置いている日本の関東地方の冬が青いことに、生まれてから十年ほど気付かなかったのである。

海外に行ってみたいと思うようになったのは、『指輪物語』を研究対象とするにあたり、いずれはイギリスの大学に留学に行くといい、と指導教員の先生に言われたからだった。海外旅行をしたことも一人暮らしをしたこともなかった私にとって、留学というのはあまりに現実味のない話だった。不安しかない。そこで、まずは海外旅行から始めようと思った。大学院の年上の後輩に突然「一緒にイギリスに行ってくれない？」と頼み、バイト代を貯めてイギリスに行った。目的地はロンドンおよびオックスフォード、トールキンと彼に影響を与えたウィリアム・モリスに関係のある場所を巡る。出発前、「9時45分成田空港発、13時35分ヒースロー空港着、たった四時間しかかからないんだね。意外と近いんだ」と同期に話したら笑われた。時差の存在を完全に忘れていたのである。

春休み、とはいえ二月である。真冬のイギリスを訪れようという物好きはあまりいないので、旅費は他の季節に比べて安い。私たちを出迎えたのは、どんよりと曇った灰色の冬だった。私の心は浮き立った。これが、私が子供の時に生きていた「冬」か。私はついにここに辿り着いた、あるいは、帰ってきたのだと思った。

その次にはオックスフォードで開催されたトールキン展を観るため、ケンブリッジに留学していた先輩を頼って渡航し、Tolkien 2019の時は三度目の渡英だった。海外旅行は一向に慣れない。国内旅行も覚束ない。何を隠そう私は方向音痴である。はじめてイギリスに行ったとき、私は中高時代から愛用していた真っ赤なダッフルコートを着ていった。暖かいからでもあるが、よく目立つからはぐれても見つけてもらいやすい――と割と本気で考えたのである。

一日目

今回は一人旅。しかも目的地は今まで行ったことのないバーミンガム。大都会のロンドンに比べて、やや治安が心許ない気配は、駅に降り立ったときから感じ取れた。駅前に所在なく立っていた男性とばちっと視線が合ったからで、街中で見知らぬ人とばちっと視線が合うのは、基本的にその人が声をかける相手を探している場合に限られる、というのが、日本でよく見知らぬ人に声をかけられたり後をつけられたりする私の知見である。気を引き締めて宿に向かう。

宿も会場も、駅からほど近い。会場となるホテルに泊まる参加者も多いようだが、私が申し込んだときはすでにホテルが満員になっていたので、近くのごく簡素なホテルを予約した。

一日目、まずは小手調べとして、ホビットファッションに身を包む。普段はスカートばかり穿いていた私が、突然「こういうのもかわいいんじゃないか?」という気持ちになって買った、オリーブグリーンのサスペンダー付きワイドパンツに、古着屋で買った、生地と同系色の蔓草模様の刺繍が縦に入っている、アイボリーのピンタックブラウス。この素朴でナチュラルな感じは、のどかな田園で暮らすホビットにふさわしい。その上に、UNIQLOとLEMAIREのコラボ商品であるネイビーブルーのフード付きケープを羽織る。オンラインショップで見つけたとき、「ケープなんてほしいに決まってる」と思ったのだけど、レビュー欄を見ると「海外のモデルさんが着ているとかっこよく見えますが、日本人が着ると合羽です」といったもので埋め尽くされていた。実店舗に行って羽織ってみたが、たしかに合羽だった。それでも諦めきれず購入したが、大学に着ていくと「あれ、今日雨だっけ?」と聞かれた。そのケープが、しかしイギリスの空の下では、合羽ではなくちゃんとケープに見えたのである。大事なのは誰が着るかではなく、どこで着るかだったのだ。イギリスの天気は変わりやすく、夏でも肌寒いことが多いから、このケープは役に立つはずだ。合羽と言われるだけあって、ちょっとした雨なら凌げる。長い髪は一本の三つ編みにして、横から垂らすと、カントリー風味と中性的な感じが増した。ホビットの小旅行スタイルの完成だ。

会場は街中にある大きな古いホテルだ。ホテル自体の入口がまずわかりにくいのだが、ロビーでイベントの受付の場所を聞くと、何やら込み入った説明を受けた。奥の階段を登って、いったん下って、また登って、みたいなことを言われ、一向にわからないのだが、とりあえずお礼を言ってその場を離れる。たしかに奥まったところに古めかしい階段がある。いったん登って……廊下があって……それから……まるでわからずロビーに逆戻りしてしまった。しかしよく見るとロビーには、イベントの参加証らしきものを首から提げた人の姿がある。イベントの受付はどこですか、と聞いてみると、ややこしいから、と言って連れて行ってくれた。二階なのだけど、一階のロビーからまっすぐ階段を登っては行けないところに、広いホールへの扉が連なる空間があって、そこに受付はあった。

受付でも戸惑うことがあって、私の名前がなかなか聞き取ってもらえず、「Magan……?」と聞き返される上に、名札も見つからないようなのである。ちゃんと申し込めていただろうか、と不安になっていると、後ろに並んだ老婦人が、「Megumiだって、Me-gu-mi！」と口添えしてくれる。私の名前は、名簿の一番最後にあった。申し込みが直前だったため、名札が用意できていなかっただけだということもわかり、手書きの名札を手に入れてひと安心した。他の参加者たちの優しさに、緊張が解けていった。

もうひとつ、受付でのミッションがあった。このイベントのチケットには二種類あって、三日目の夜の「宴会」への参加権つきのものとそうでないものだった。宴会ありの方はその分高かったし、申し込んだときの私はまだ怯んでおり、研究発表を聞いたり展示を見たりはしたいけれど、宴会なんてとても……という気分だったので、宴会なしの方を選んだ。しかし、参加者たちがエルフ風の服や中世風の服を用意して臨んでいると知った私は、できるものならこのイベントのすべての催しに参加したいという気分になっていた。そこで、今からでも宴会参加に切り替えられるか、と聞いてみたのである。

受付の人は、もう申込みは締め切ってしまった、と答えた。その時、横から割り込むようにして、「宴会への参加をキャンセルしたいんだけど、その分の返金ってしてもらえる?」と聞いた人がいた。渡りに船とはこのこと。受付の人に「君たち二人で交渉しなさい」と言われて、私たちは隅っこに座り込んだ。

相手は、坊主頭のドイツ人女性。すぐに交渉がまとまり、差額を支払ってチケットを譲ってもらってからも、私たちは座り込んだままお喋りに興じた。その頃腰まであった私の髪を、その人が「いいね」と褒める。私も、相手の坊主頭がクールだと返す。『マッドマックス怒りのデス・ロード』のフュリオサみたいで、かっこいい。私も最近まではあなたくらいの髪の長さがあったんだよ、とその人は答えた。でもめんどくさくなって、刈っちゃった。この髪型、頭を洗うのがとっても楽。その髪は洗うの大変でしょ？「そうなの！」と私は答える。

英語、久し振りに使うから、結構忘れちゃった、とその人は舌を出した。私も英語自信ない！と笑う。お互いに母語話者ではないから、拙い英語を引け目に感じなくて済んだ。だからというわけでもなく、その人とは結局日程のほとんどを一緒に過ごした。

この調子で書いていたらいつまで経っても終わらないから、ファッションに話題を絞らなくてはならない。

ファッション、といえばこのイベント限定のデザインのTシャツも販売されていた。会場でも販売されているし、事前に申し込めば受付の時に受け取れる。『指輪物語』に連なる神話である『シルマリルの物語』の中のエピソードを題材にした美しいイラストが描かれているのだが、よく見るとその絵全体が、よく知られたトールキンのポートレイトの、パイプをくわえた横顔の形になっているという、凝ったデザインだった。事前にサイトを見ていたとき、私はサイズ展開の豊富さにちょっと驚いた。Sサイズから、上はXXXXLくらいまであったと思う。そんなに要る？というのが正直な感想だった。

一日目にして、このTシャツを着ている人が結構いた。さっき受付で受け取って、もう着替えたに違いない。トールキン協会の過去のイベントの限定Tシャツを着ている人もたくさんいる。私が見かけた、限定Tシャツ着用者第一号は、——悪口に聞こえたら申し訳ないのだが、そんなつもりはない——「アメリカのオタク」のイメージそのままの、堂々たる体軀をしていた。そしてとても楽しそうだった。私は自分の考えの浅さを恥じた。そうだよな、こんな素敵なTシャツ、サイズがなくて着られない人がいたら悲しいもんな。この人のために、XXXXLサイズがあってほんとうによかった。

私も自分の分と姉の分のTシャツを購入した。

開会式の時、隣に座ったのは、受付で口添えしてくれた老婦人だった。「あら、Megumi！」と、私のことを覚えていて、色々話しかけてくれた。銀髪の上品なこの老婦人が着ていたのは、緑色のニットで、それが森に住むエルフみたいで素敵だと、私は一生懸命伝えた。

二日目

翌日、ぎっしりと詰まったプログラムの中から、「トールキンと衣装」という興味深い発表題目を見つけて聞きに行った私は、壇上に件の老婦人を見出して驚いた。彼女は発表者だったのである。

「昨日親切にしてくれた人だ！」と隣に座ったドイツのフュリオサに囁くと、「あの人たしか、トールキン協会の運営の人だよ」と言われた。そうだったのか。そんな人が、だからこそ、一人ではるばるやって来た初参加の日本人を気にかけてくれたのだ。

スライドには次々と、彼女の率いるチームの作った、美しい衣装やアクセサリーの写真やデザイン画が映し出される。トールキンの世界のエルフや神々の衣装を、原文をよく読み込んで作っているのである。世界SF・ファンタジー大会のコスプレ部門で優勝したこともあるという。

前日に見た展示の中に、『シルマリルの物語』に登場する神々の衣装として作られた非常に美しいドレスがあった。青みがかった淡いグレーの生地。中世風に大きく広がった、引きずるような袖。首周りには真珠色のビーズの刺繡。肩からは紗のマントが垂れ落ちる。これも彼女の作品だったのだ。

そんな素晴らしい衣装を手掛けている人に軽々しく「その服エルフっぽいですね！」と言ってしまったのかと思うと、ちょっと恥ずかしくなる。

質疑応答の時間、突然壇上から「Megumi、日本のtsumamiって知ってる？」と問いかけられた。服の作り方についての質問の時だった。自分のことだとはじめ気付かず、会場からの注目を集めておたおたし、知らないと答えるしかなかったのだが、「つまみ」とは布を使った日本の伝統的な細工で、それを取り入れて花の形を作っていたそうである。

二日目に私が着ていたのは、古着のワンピース。グレーがかったグリーンの地に、ライトグリーンとホワイトのストライプが入っており、丈の長いたっぷりとしたスカートは布を贅沢に使った三段フリル、オフショルダーの肩周りもケープのような大きなフリルになっている。ウエストはゴムだが私にはやや大きいので、茶色のゴムベルトを合わせる。これだけでは寒いので、やはりネイビーブルーのケープを羽織る。髪はハーフアップにして、黄金の羽根のヘアクリップをつければ、薄闇の森のエルフの完成である。

他の参加者たちも、中つ国の住人としての姿を徐々に現し始めた。この日は二人組のホビットに出会い、写真を撮らせてもらった。ホビットの足は体の割に大きくて裏には毛が生えており、靴いらずなのだが、彼らは巨大なふわふわスリッパのようなホビットの足を手作りして履いているという徹底ぶりだった。

しかも、日々会場には立派な髭をたくわえた人や花冠をかぶった人が増えていく。というのも、それ専用のワークショップが開催されているのである。

このイベント、とにかく内容が充実している。同時にいくつもの研究発表が行われていて、気になるもの全部を回ろうとすれば身体がいくつあっても足りないほど。ひとつの発表が終われば、入り組んだ階段やら廊下やらを通って別の部屋に駆けつけ、また発表を聞く。『ロード・オブ・ザ・リング』や『ホビット』などの映画についての話もあれば、トールキン作品を描いた絵画についての話もあり、中世ヨーロッパの剣術の実演もある。展示もある。イラストレーターやハンドメイド作家による販売会もある。特別ゲストとのお話会もある。書籍売り場もある。それからワークショップもあって、ペインティング・ワークショップやカリグラフィー・ワークショップはわかる。トールキンは絵も描いたしカリグラフィーも得意だったからだ。花冠ワークショップもたぶんわかる。しかし「髭」ワークショップとは何だ？と、プログラムを眺めながら首を傾げていたのだが、会場に増えていく立派なお髭を目にして、理解した。これは文字通り髭ワークショップ——ドワーフのような見事な付け髭を作るワークショップなのだと。髭は編み込みの仕方も飾りも、ドワーフの髭へのこだわりを反映して一人ひとり異なっていた。そして同時に、エルフが好みそうな花冠をかぶった人も増えていく。女子トイレで立派なお髭に遭遇したときは一瞬入るトイレを間違えたかなと思ったけれど、髭をたくわえた女性たちや花冠をかぶった男性たちを目にすると、ああ、自分のなりたいものになっていいんだ！と、勝手に愉快な気持ちになってしまう。

プログラムがあまりに充実しており、お昼休みもほとんどないので、私とフュリオサは隙間時間にホテルのバーに駆け込んで飲み物を頼むか、バーミンガムの街に出て徒歩1分のスーパーでパンやドーナッツを買い、発表を聞きながら分け合って食べたりした。後になっ

て出張費の精算のため領収書を提出したところ、税理士に「……食費、少なすぎませんか？」と聞かれた。

夜は夜でプログラムがある。一日目はトールキンの短篇「ニグルの木の葉」の一人劇が上演された。二日目はバーミンガム市のオーケストラによる、『ロード・オブ・ザ・リング』や『ホビット』の映画、それに『ゲーム・オブ・スローンズ』など他のファンタジー作品の劇伴音楽の生演奏。竜が登場する映画の曲を演奏する際、指揮者が「みんな、竜は大好きだよな！」と呼びかけると聴衆は大盛りあがりで「YES!」と声を合わせ、東洋では神と崇められる龍も西洋では悪者の嫌われ者だなんて——と思っていた私は認識を改めることになった。

三日目

三日目の夜が、例の宴会である。

会場に入る前から、どんなに素晴らしい宴会になるかが分かっている。何しろ、扉の前に、財宝の山の上に寝そべる竜の尻尾をかたどった巨大なケーキというとんでもないものが鎮座しているのである。みな大喜びで竜のケーキの写真を撮っていた。宴会の開会にあたっては、エルフたちの去っていった方、神々の国のある西方を向いて黙って礼を捧げ、乾杯の合図は、オックスフォード大学で教鞭を執っていたトールキンを称えて「教授に！」。

この日はもう、みなとっておきの衣装だ。老婦人が初参加の私を気遣ってか、協会の運営仲間らしい老婦人たちを紹介してくれたのだが、彼女たちはみな手作りの中世風のドレスやケルティックなドレスを身に纏っている。たとえばそのうちの一人は、らっぱ型に広がった袖が金色のケルト風の文様で縁取られた、深紅のベルベットのドレスを纏い、『指輪物語』に登場するアクセサリーを胸元に提げ、髪はケルト風の縄編みのヘアバンドでまとめている。彼女たちは「エルフっていうにはちょっと年を取ってるんだけどね……」と謙遜しながらも堂に入った姿である。「もう、スーツケースが服でぱんぱんで！」という話で盛り上がっており、イギリス在住のある人は移動距離が短いのをいいことにスーツケース二個分の衣装を持参したとか。

テーブルを共にしたのはフィンランドから来たチームで、やはりアクセサリーもドレスも自作してエルフとして装っている。「その服、素敵ですね！」と話しかけた相手はファッションデザイナーだと言う。本職の技術力だ……。同じくフィンランドから来た人の中には、非常に再現力の高い灰色の魔法使いガンダルフがいて、ぼさぼさの髭によれよれの三角帽子、曲がりくねった杖も備え、禿頭のドワーフと同じテーブルで食事をしている。

もう、まわりを見渡すだけでわくわくするのだけど、そしてそんなハイクオリティな衣装のみなさんに、私の装いも大好評だったのだからうれしい。

この日の私の装いは、古着のワンピース。深い緑の地に、薔薇をメインにした大きな花模様が踊り、これもまた森っぽい。丈の長いスカートは蹴回しがたっぷりあり、後になってロリィタ服を着るようになったとき、このワンピースもロリィタ的にコーデしたのだけど、ボリュームのあるパニエも余裕で入った。身頃はきゅっと締まって、袖は大きなバルーンスリーブ。素晴らしい掘り出し物だけれど、バイト先の塾の近くにあった量り売りの古着屋さんでこれを見つけたときは、実を言うと着方がよくわからなかった。というのもゴムが緩んで、バルーンスリーブも形を失い、襟ぐりは異様に広くなっていたからで、とりあえず試着してみると肩が襟ぐりからすっぽりと抜けてしまった。ものすごく大きいのか、着方が間違っているのかもしれない。ハンガーから服を吊るすための紐をもしや肩紐ではないかと疑ったりもした。店員さんにも聞いてみたが、着方はわからなかった。しかしこんなにヒストリカルな雰囲気の服、そのまま手放すのは惜しすぎる。着られるかわからないまま購入した。母が緩んだゴムを入れ替え、私のサイズに合わせて身頃を詰めてくれた。すると途端に服は蘇り、真の姿をあらわにしたのである。中世風、よりは時代が下ったデザインだが、ファンタジー世界の貴族にもふさわしい、古風で優美なドレスである。

髪はがんばってカチューシャ風の編み込みに。手先の不器用な私だが、当時、練習の末編み込みを習得していた（今はもう忘れた）。そしてケープを羽織る。日中、会場の洗面所で出会った年配の女性が、私の装いを見るなり「まあなんて素敵なの！」と感嘆し、「よく見ていい？」とたずねた。いいですよと言うと、ぐるりと私の周りを回ってよく見て、「ドレープが美しい」と賞賛してくれた。

そして宴会の時も、皆が「その服素敵ね！」「自分で作ったの？」と言ってくれるのである。極東の島国で培った私のエルフ力、世界に通用しました。

宴会の後は例の「Ceilidh」。なじみのない、発音も分からない言葉で、何が行われるのか謎だったのだが、わからないのは私だけではなかったようだ。開会にあたり、司会者が「みなさん聞き慣れない言葉だと思いますが」と前置きしていたからである。司会者の説明によると、これはアイルランド語でダンスパーティを意味する。つまり、アイリッシュ・ダンスの夜だったのだ。ダンスシューズもパッキングした、という意味がようやくわかった。

老婦人たちに、踊りましょうよ、と誘われて、私踊れないんです、と答えるも、「大丈夫大丈夫、みんな踊れないの！」と力強く言われた。どうやらトールキン協会のイベントの常連でもない限り（常連は多いのだけど）、みなアイリッシュ・ダンスははじめてらしいので安心する。アイルランド音楽の生演奏が流れる中、楽団の一人が壇上でステップを実演してくれて、みな見様見真似で踊り始めた。輪になって手をつないで、先へ進んで、戻って、くるっと回って、ぴょんと跳んで——と、なかなか複雑ではあったものの、物覚えはいい方なのですぐに周囲に引けを取らないくらいには踊れるようになった。蹴回しのたっぷりしたドレスでくるくる回ると、スカートがぶわっと広がって、気持ちいい。

しかしこのダンス、休む暇なく相当よく動く。複雑なステップをなんとかこなしたと思うとすぐに次のサイクルに入るので、頭も身体も動きっぱなしだ。ダンスパーティなんてはじめてだったけど、こんなにハイなものなんだ――と思った。

宴会の後のダンスパーティで、時刻はすでに零時を回っている。いつまでもいたかったけれど、翌日も朝早くからプログラムが詰まっているのだ。歩いて数分の場所に宿を取っているとはいえ、その往復の時間すら惜しく、あらためてこの会場である古城のようなホテルに泊まっている人たちが羨ましくなった。

中つ国のエルフは、眠るときも目を開けている。そして横になって眠る暇がないときには、目を開けて歩きながらでも、夢の世界を彷徨うことができる。攫われたホビットたちを救出するため、人間、エルフ、ドワーフの三人が何日もオークを追跡し続けたとき、エルフのレゴラスが一番元気だったのはこのため。

このイベントの参加者たちはエルフ並に睡眠時間が短くても平気らしい。私もかなり遅くまでダンスパーティに参加した後、宿に戻ってベッドに飛び込み、翌朝は普段のロングスリーパーぶりを忘れたように短時間の睡眠で飛び起きた。とにかく眠る時間も食べる時間もない。

四日目

四日目に私が着ていたのは、今はなき渋谷の老舗の古着屋、GRIMOIREで購入したワンピースだ。GRIMOIREを訪れたその日、目当ての服は別にあった。Twitterで入荷案内を目にして、かわいい、しかも安い、と思い、翌日に買いに行ったのだが、その服は私の目の前で別の客によって試着室に持ち込まれた。私は客が試着室にこもっている間、やきもきしながら「買わないでくれ……!」と念じていたのだが、念は通じず、服はそのまま購入されていった。かわいいもんね。わかるよ。安いし。しかし落胆した私の視界に飛び込んできたのが、勝るとも劣らないそのワンピースだったのだ。

澄んだ泉のような涼しい水色の地に、白と青の小さな花が散っている。デコルテはすっきりと開き、レースで覆われた身頃は体に沿い、踝まであるスカートは、形としてはすとんと落ちながら、量はたっぷりとある。長い袖は全部レースでできていて、ゆるくふくらみ、手首のところできゅっと締まっている。共布のリボンベルトを後ろで結べば、シルエットがきれいに整う。

これはもう、妖精。文句なしに妖精のドレス。予算オーバーだったが、試着してしまったらもう手放せず、服の方も私に着られるのを待っていたとしか思えなかった。身頃部分が私には少し大きかったので、追加料金を払ってお直しを依頼しさえした。だってきれいに着たいから……。

二日目の灰緑色のワンピースが薄闇の森のエルフの普段着で、三日目の深緑のワンピースが貴族の豪奢な盛装なら、この日のほの光るような淡青のワンピースはエルフの女王の盛装に違いない。

髪は、夜の間に三つ編みにしておいてウェーブをつけ、顔の横に細い三つ編みを垂らし、黄金色の羽根のヘアクリップをつけた。

毎日着ていたネイビーブルーのケープは装飾が加わってグレードアップしていた。物販部屋には、ハンドメイド作家たちが精魂傾けたグッズ、ことにケルト風のアクセサリーやエルフ風のティアラなどが並び、全部ほしくてたまらなかったのだが、私が購入したのは『シルマリルの物語』の中心となる宝玉である三つのシルマリルのそれぞれの末路を描いた、六角形の七宝焼のブローチ三つ組だった。これを三つ並べてケープの胸元に飾ったのである。

ところが、このうちの一つを買ったその日のうちに失くしてしまった。半泣きになりながら、広いホテルの入り組んだ階段や廊下を辿り直して、ブローチ本体が床に落ちているのをなんとか見つけたのだが、ブローチの針を押さえる留め具は見つからない。針が剝き出しになったブローチをどう運んだらいいやらわからないまま手に包んで、物販部屋に駆け戻り、作家さんに「さっき買ったこれ……留め具をなくしちゃって……留め具の予備がもしあったらほしいんです……」としどろもどろで説明すると、「それなら、金属のよりこっちの方が落ちにくいから！」とシリコン製の留め具を出してきてくれて、「他の二つのもこっちにした方がいいよね？」と三つ分くれたので、優しさに泣きそうになった。

この日特に嬉しかったのは画家のアラン・リーに会えたことで、中つ国を描く数多の画家の中でもジョン・ハウと並んでレジェンド級の人であり、ピーター・ジャクソン監督が『ロード・オブ・ザ・リング』『ホビット』を撮るにあたり、この二人にコンセプト・アートを依頼したのは納得の人選でしかないという、読者の心の中にある中つ国を描き出してくれる人なのである。映画のメイキング映像を観ると、修道僧みたいな雰囲気のジョン・ハウと小鬼みたいな雰囲気のアラン・リーが部屋にこもって絵を描いたり、ロケハン先でスケッチをしたりしている様はそれ自体が物語の中みたいで……という話をすると長くなるのだけど。

本物のアラン・リーにはじめて会ったのはその前年、トールキン展を観にオックスフォードを訪れたときだ。現地の書店で、アラン・リーのサイン会とトークショーのお知らせを発見した。ところが、日程が合わない。私のイギリス滞在にはかぶるが、その街の滞在予定とは微妙にずれている。しかも予約で満員になっている。諦めきれず検索すると、イギリス全国チェーンのその書店で、サイン会&トークショーの巡回が行われていることがわかったのだが、他の店舗も遠すぎたり、日程が合わなかったり、予約がいっぱいになっていたり。その中でひとつだけ、トークショーなしのため予約不要のサイン会があった。行ったことはないが行ける距離にある街で、日程も問題ない。トークショーも聞きたかったとはいえ、なんたる幸運。予定を変更して、他には遺跡くらいしか見るものがないらしいその街に突撃することにした。

どうしよう、こんな機会があるなんて思っていなかったよ——と動揺しながら、持ってきた服の範囲内でできる限りのおしゃれをした。選んだのは、REDYAZELで一目惚れした、深いターコイズブルーのワンピース。少し光沢のある、厚めの生地に高級感が漂う。コートワンピースみたいな形で、前開きになっており、前面と折り返した五分丈の袖に金のボタンが並んでいる。さりげないベージュの縁取りラインもおしゃれ。深いVネックに、品のよい襟。スカート部分はフィッシュテールになっていて、美しいドレープを描いて踝近くまで流れ落ちている。上品で美しくて、知的な感じがあって、クラシカルだ。

お店でこのワンピースを目にしたときは、こんな深い碧は私には似合わないかも、と思い、最初は違うカラーを試着したのだが、駄目元でターコイズブルーも試着してみたら非常によく似合っていた。

髪は編み込みのお下げに。靴は、深い茶色の合成皮革のポシェットがよく似合った。コンパクトなのにポケットがいっぱいあって意外と収納力が高いので、旅先でも重宝している。

物故作家の作品ばかり好んでいたため、サインというものをもらうのははじめてだった。サイン会ってどういうものなんだろう、ちょっとは話せたりするのかな——と思っていた私は、長い長い列が少しずつ進んで、ようやく先頭を垣間見ることができたとき、息を呑んだ。というのもアラン・リーが客と握手していたからで、握手、できるんだ――と思った瞬間、私の後ろに並んで賑やかにお喋りしていた女の子のグループが、「握手してる……！」と叫び声を上げげた。「息、息して！」という叫びを背に、どこの国でもオタクは同じようなことを喋るんだなと心があたたまった。

気難しい人かもしれない、と思っていたアラン・リーはファン一人ひとりに対して、とても親切だった。サインしながら気さくに話しかけてくれ、「に、日本から来て……っ！」と一生懸命喋る私の話をにこやかに聞き、私の精一杯のおしゃれを「とても美しい」と褒めてくれ（列整理をしていた書店員さんも「あなたのドレス、とっても素敵！」と目を瞠ってくれた）、肩を抱いてツーショットも撮ってくれた。ますますファンになってしまう……。

話は戻ってこの「Tolkien 2019」、豪華ゲストとお茶を飲みながら少人数でお喋りできるCoffee Talkというプログラムがあり、人気が高いので抽選なのだが、私は卒論の時に大いに参考にさせてもらった研究者およびアラン・リーとのCoffee Talkに希望を出したところ、なんと両方とも通った。アラン・リーはやっぱり気さくで優しくて、拙い英語での質問にも丁寧に答えてくれて、その場にいるみな、「ますますファンになってしまう……」みたいな目をしていた。参加者の中には中東から来たカリグラフィー・アーティストもいて、展示会場で見たあなたの作品が素晴らしかった、とアラン・リーに言われたときの彼女の表情に、どこの国でもオタクは同じ顔をするんだなと心があたたまった。

みながサインをほしがるので、場所を移してサイン会となったとき、書籍売り場で買ったばかりの本を差し出した私に、アラン・リーは言った。「前に会ったことがあるかな?」アラン・リーが私のことを覚えてくれている……⁉ 夢のようだった。


という話はここまでにして、この日の夜のプログラムは、仮装大会。出場するのは前もってエントリーしていた個人またはチームだけだが、始まる前から誰が出場者で誰が観客なのかわからないくらいみんなめかしこんでいる。中にはピーター・ジャクソンのコスプレをしている人もいて、偽物のピーター・ジャクソンと本物のアラン・リーが乾杯しているところを目にすると頭が混乱した。

仮装大会では、中つ国の住人や神々に扮した人たちが、次々にパフォーマンスを披露する。神話の場面を再現したものもあれば、肉襦袢をまとって裸のドワーフに扮した一団のコメディタッチの寸劇もあり(これもドワーフの創造という神話の一場面ではあるのだが)。衣装もパフォーマンスも大変凝っていて、会場は惜しみない拍手を送った。

そして私は、会う人ごとに「あなたも仮装大会に出場するの?」「その服とってもエルフっぽい、自分で作ったの?」「エルフの女王のよう」「次は仮装大会に出なさいよ、あなたなら絶対に賞を取れる!」と言われ、満更でもないどころではない気持ちになっていた。私のエルフ力、世界に通用しましたよ（二度目）。衣装作りが得意なあの老婦人も、「あなたも服を作るといい。大丈夫、簡単だから。私が今着ているこの服は、実はこうやって作っていて――」と教えてくれて、裁縫が苦手なのが残念だった。

あなたとってもelvish（エルフっぽい）、という讃辞を送ったり送られたりするのは愉快だった。elvishなんていう、使いどころの少ない言葉が、最大の讃辞であることをみなが共有しているなんて、こんな幸せな空間があるだろうか。外見や服装の話題というのはかなりセンシティブで、褒められても不快になることが多い。けれどここでは、みな自分の意思で自分のしたい格好をしている。こうなりたい、という強い気持ちを持って、自分の装いを構成している。気兼ねなく褒めたり褒められたりできる。人間（の、男や女）として美しいかどうかなんてつまらない基準ではなく、エルフらしく（人によっては、ドワーフらしく、魔法使いらしく、中世の騎士らしく、ピーター・ジャクソンらしく）あることを褒め称えあえるのだ。

（まあ「あなたったらなんてmagicalでamazingなcreatureなの……！」と涙ぐまんばかりに褒めてくれる女の子がいると思ったら、気付けばその子と二人きりで会場を抜け出していてどうやら口説かれているらしいという場面もあったものの、「あなた自分がどれだけ美しいかわかってる？」という問いに「わかってる！」と答えて気持ちよくバイバイできたのでよしとする）

仮装大会の後はパーティタイムで、会場の準備があるからしばらく待ってて、と参加者たちはいったん広間から締め出されていた。賑やかにお喋りをしながら、ずいぶん時間がかかるんだなあと思っていたのだが、ようやく会場の準備が済んで、中に入った私たちは息を呑んだ。広間は中つ国へと変貌していた。会場の四隅には、映画のセットさながら、ホビット庄の袋小路屋敷の扉に、ローハンの広間、エルフによって作られた、モリアへの魔法の扉、それに光きらめくロスロリエンの森が設えられていたのである。もう大歓喜で、ロスロリエンで記念写真を撮るエルフや袋小路屋敷の扉をノックするホビットたちで会場はあふれ返った。

ちなみに私は相変わらずアラン・リーに熱い眼差しを送っていたら、向こうから話しかけてくれて（遠い異国から一人で来た初参加の若者ということもあって、いろんな人が「楽しんでる？」と気を遣ってくれたように思う）、セットの前で一緒に写真を撮ってくれて、穏やかに微笑みながら話を聞いてくれて、なんて……いい人なんだ……とあらためて感激した。

この夜も会場を後にして宿に帰るのが惜しくてならなかった。

五日目とその後

夢のような日々もあっという間に過ぎ、五日目の昼でイベントは終わりである。最終日は、前年のアラン・リーのサイン会でも着た、あのターコイズブルーのワンピースを着た。

この日、休憩時間に近くのスターバックスに駆け込み、列に並んでいると、前に立っている人の、タトゥーでいっぱいの腕に目が引き寄せられた。なんと、一番大きく描かれている顔はエルフの王スランドゥイルのものだったし、よく見るとその下にいるのはガンダルフ、両腕を埋め尽くすタトゥーは全部中つ国の住人を描いたものだったのである。「あれっ、あなたもTolkien 2019の参加者ですか?」と聞くとちょっと驚かれたけれど、「私も参加して て……!」と参加証を見せると打ち解けてくれて、「スランドゥイル、かっこいいですよね……!」などと話しながら会場に戻り、写真を撮り合ったりした。彼女はなんと本職のタトゥー・アーティストで、見せてもらったInstagramにはクールなタトゥーのデザインが並んでいた。

中つ国を巡る旅は、しかしそれだけでは終わらず、近くのミュージアムではちょうどアングロ・サクソン時代イギリスの展示が行われていて、当時の服を再現したものを着てみることもできた（もちろん着て写真を撮った）。また、バーミンガムの近くには、トールキンが幼少期に住んでいた家の近くにあった水車小屋が庭とともに残っている。これはホビット庄の水車小屋のモデルになったと言われていて、今ではちょっとしたトールキン・ミュージアムになっている。かわいい煉瓦造りの水車小屋に、妖精が遊んでいそうな緑深い庭。トールキンが愛したイギリスの田園風景を覗き見ることができる。一日目と同じホビットスタイルで訪問した。

このミュージアムの中に、やはり袋小路屋敷の扉を再現したスポットがある。絶好のフォトスポットだけれど、一人ではうまく記念写真を撮ることができない。せっかくホビットスタイルで来てるのに。でも私は平気だった。というのも、窓から庭を見下ろしたとき、Tolkien 2019の限定Tシャツを着た男性の姿を発見したからである。ほどなくしてその人が袋小路屋敷の扉の前に姿を現したとき、私は「それTolkien 2019のTシャツですよね、私も参加してたんですよ」と話しかけて打ち解け、やはり一人で来ていた彼と互いのスマホを交換して写真を撮り合った。彼はイランから来たという。

ちなみに、私は先にバーミンガム・ミュージアムを訪れたけれど、イベントが終わってその日のうちに水車小屋を訪れていれば、トールキンTシャツを着た人がもっとたくさん見つかったと思う。

半分くらいファッションと関係ないことを書いてしまった気がするけれど、許してほしい。

この時のことを話そうとすると言葉が止まらなくなる。

あれはようやく故郷に帰ったような経験だったと思う。研究発表を聞いたり、ファンアートに触れたり、本を買い込んだり、知的な興奮もさることながら、普段は一人でエルフをやっている私が、世界各地に散らばったエルフ仲間や中つ国の住人たち（中つ国というのはこの地球のことなのだからトートロジーみたいなものだけど）と再会し、あたたかく迎え入れられたことを思うと、この先もエルフとして生きていける気がしてくるのだ。

＊1 ただし、それは三部作のうちの第一部までであって、第二部以降は残念ながら原作から離れたストーリーになっていってしまう。

＃8

妖精に身体はない

＊性被害についての具体的な描写が含まれます。読むかどうか判断する際には、ご自分のお気持ちを大切にしてください。

あなたの身体はいつから

ひとはいつ、自分に身体があることに気付くのだろう。

あなたの身体はいつから？と色んな人に聞いてみたいけれど、怪訝な顔をされるだけかもしれない。

私が、自分に身体があることに気付いたのは、学部二年生、十九歳の初夏だった。

突然、男性に抱きすくめられた。

告白されて断り、三時間くらい粘られた相手に、再び交際を求められて、また三時間くらいかけてようやく諦めさせた（はずだった）、その帰り道だった。

「ここで強引にキスとかできたら話は違ったのかなあ」と相手は駅のホームで名残惜しげに呟き、一体どこからそんな発想が出てきたのか私は全く理解できなかったが、「それはセクハラだからね」と釘を刺した。多分彼は、「強引に迫れば女は落ちる」「既成事実を作ってしまえば気持ちは後からついてくる」といった有害な言説を信じていたのだろう。信じたかったのかもしれない。

彼はおそらく自分のことを善良な人間だと思っていた。規範に従順であるだけのことを善良さと勘違いし、「自分は善良すぎて思い切ったことができず、損をしている」と思っていた。同じ電車に乗ると、今度は「最後に手を握らせてほしい」と言い出した。最後にも何も、手を握らせたことはない。勝手に握ってきたことは幾度となくあるが。

断ると、無理矢理腕を摑まれた。振り払えない。しばらく必死で抵抗していると、ようやく「本気で嫌がってるんだね」と解放された。「本気で嫌がってるんだね」？　今までも手を握られて振り払ったり、「体を触るのはやめてくれ」と言ったりしてきたが、「本気」だとは思っていなかったのか？

私が降りる駅が近付くと、再び「手を握らせてほしい」と頼み込まれたが、断った。別れを告げて電車を降りようとすると、別の駅まで乗るはずの相手も「僕もここで……」ともごもご言いながらついてくる。

ホームに降りた時、ふいに、相手の顔が目の前にあった。それまで見た中で一番醜い顔だった。憤怒にも似た欲望で歪んだ顔。

半袖から伸びた、私のそれよりずっと太い腕が、私の両腕を摑んで押さえ込もうとしていて、私は腕を伸ばして相手の体との間に必死に距離を保ちながら、「ここ、駅だから」と口走っていた(後で友人に、「それは駅でなければいいというふうに聞こえるね」と指摘された)。

相手が手を離すと、私は何事もなかったかのように「じゃあね」と手を振って、背を向けた。

何が起きたのか、しばらく分からなかったからだ。家に着いてから震えが止まらなくなった。その前に言っていた「強引にキス」を実行しようとしたのだろうという結論は、何年も経ってから、出た。

自分に身体があることに気付いたのは、その時。

自分の皮膚に押し付けられた皮膚をすり抜けて逃げることができなかった。自分に皮膚があり、相手に皮膚があり、それが接していて、皮膚の内側には肉や骨が一部の隙もなくみっしりと詰まっている。他者の肉体が強固な壁として私の前に立ちはだかっていた。私の、肉体の、前に。私の、これは肉体で、物理法則に縛られた物体で、他の物体をすり抜けることはできないのだった。ふたつの物体が同じ空間を占めることはできないのだから。行く手を遮られたら、私は。腕を摑まれたら、私は。逃れることができない。

それまでの私は透明な魂だった。世界を自由に飛翔することができた。妖精のように、物質を通り抜けて何にも邪魔されずに漂っていられるように思っていた。

急に世界が不透明になった。無数の肉体と物体が立ち塞がり、世界は障壁だらけの迷路になった。

私は否応なしに「そこ」にいた。私の身体が留め置かれている場所に、私のこころも。私の魂も。私の身体が他者の身体に負けているところに、私は立ち会っていて、他のどこにも行けなかった。私はそれを見ていた。目を逸らすこともできずに見ていた。


そのようにして私に投げ与えられた身体は、男性のそれの、より弱く、より劣ったコピーでしかなかった。

身体がなければ暴力を受けることもないのに。暴力を受け取る媒体としてのみ存在する身体。男性に負けるための身体。逃げても逃げても追い付かれるための身体。欲望の、暴力の客体としての身体。犯されるための身体……。

私自身が、その身体の内側に閉じ籠められてしまった。肉体に危害が加えられるとき、魂までが怯えて、屈してしまう。魂まで臆病で卑屈になってしまう。それが一番口惜しかった。

大学の昼休み、友人たちと昼食を取りながらふと顔を上げると、目の前にいる友人たちは男性で、ラウンジを埋める学生たちの大半が男性で、キャンパスを歩いているのも圧倒的に男性だった。立ちはだかる無数の壁。かれらが、私に危害を加えようという意思を持つかどうかとは関係なく、そうすることが可能な物理的な器を持っていること、その中で自分は勝ち目のない器を持っていることは、足元の地面から崩れていきそうなほど怖かった。善良な友人たちでさえ、男性の身体を持っているというだけで怖かった。

男性は力が強いという点で優れているが、女性は子供を産むことができるという点で優れている——といった言説があって、それなら、子供を産むつもりがない、妊娠も出産も性行為もしたくない私の身体は、ただ男性に劣っているだけだと思えた。自分が身体を、それも女性の身体を持っているということがただひたすらに情けなく惨めだった。

ほんとうに、身体なんてほしくなかった。

身体的な暴力を振るわれたことがそれまでなかったわけではない。子供の頃の私はいじめられっ子だったから。小学校の同級生の男子たちが私の座っている机を取り囲んでがんがん蹴ってきたときも、私はかれらを無視して平然と本を読んでいた。その時の私の魂は遠くへ飛翔していた。身体に暴力が加えられても、私はそれと自分を切り離すことができた。

中学生の時、同級生の女の子に突き飛ばされたり、脚の同じ場所を繰り返し蹴られたりしたこともある。脚にはその後長いこと痣が残った。その時も怖くはなかった。蹴られながら、私は彼女と対話しようとしていた。話せばわかるはずだと思っていた。

それと何が違ったのだろう。小中学生の時のそれが身体を傷付けようとするものであったのに対し、学部生時代のそれは身体を、またそれを通して私自身を、領有しようとするものだったからだろうか。

身体を領有することが人格をも領有することになってしまうのはなぜだろう。性的な暴力が魂まで傷付けるとされるのはなぜだろう。わからないのに、肉体に加えられた暴力が、潜在的な暴力の器としての肉体が、魂までも変形させてしまったことだけがたしかだった。


その後何年も、初夏が来るたびに新鮮な恐怖に捕われた。道行く人々の服装が半袖に切り替わる季節、それまで長袖に覆われていた前腕が露出するとき、目に入る男性の腕の太さに、それまで同族だと思っていたものが異形としての姿を現したかのようなショックを受けた。私には他者の身体を直視することができなかった。

声とかたち

同じ頃、ゼミの同期に「あなたは声が綺麗だよね」と話しかけられた。下心のある発言ではなかった。内気でゼミに馴染めなかった私を気遣って話しかけてくれたのであろうことはわかっていた。

が、その時私が感じた気持ちは、正直に言えば、「え、怖い」というものだった。

私に声があることなんて忘れてくれ、と私は思った。忘れさせてくれ。

声は、あまりに肉体的なものだったから。肉体を通って発せられるものだったから。

声が言葉の媒体になることが私には口惜しかった。言葉はただ透明な言葉であってほしかったのに、肉体から発せられる声がそれを濁らせ、着色してしまう。ただの言葉として伝達されるのを妨げてしまう。

細くて高くて、ちょっと舌っ足らずな、媚びたような自分の声が私は嫌だった。どんな言葉も愚かしく聞こえるようで、若い女性らしい声が嫌だった。かといって低い声で話そうとすると自分の声はがさつに聞こえてそれも嫌だった。

ゼミ中に意見を述べているときも、それが声によって伝達されていると思うと憂鬱だった。純粋に言葉だけの存在になりたかった。


人間の容姿というものがわからない。美しい容姿とか美しくない容姿といったものがよく理解できない。

全くわからないわけではない。でもたとえば初対面の人の容姿が美しいかどうかといったことには、全く意識が向かない。人に容姿の美醜があるという発想が普段はない。

人形以外で、はじめて美しいと思った人型のものは、ヴィーナス。大学の美術史の授業で見たウルビーノのヴィーナスだった。ボッティチェリの「ヴィーナスの誕生」とティツィアーノの「ウルビーノのヴィーナス」がスライドに表示されたとき、それまでも知っていた絵ではあったが、美神とは言ってもボッティチェリの方はあんまり美しいとは思わない、ウルビーノのヴィーナスの方が好きだなと思い、あ、ということは、私にも見た目の好みというものがあるんだ、と気付いたのである(いまならボッティチェリのヴィーナスの美しさもわかる)。それまでは、「絵だから美しい」のだというざっくりした認識でいたが、描かれたものであれ、理想化されたものであれ、美しいと感じられる人型の形象がある、というのは新しい発見だった。

それくらい、容姿に対する興味は薄い。「＊＊さんって美人だよね」と聞けば、あ、そういう尺度があったんだとびっくりし、言われてみればたしかに、とか、ふむふむこういうのを美人って言うんだな、と一応は思う。そうした学習の結果、世間ではどういうのが美しい容姿とされているか、に対して一定の理解は持つようになった。

一方で人と親しくなるにつれ、相手が可愛く見えてくる。ある時急に、この人ってすごく可愛いな!と思ったりする。高校生の時にふと、私の友達ってなんかみんな可愛いなと思い、私は見た目で友達を選んでいるんだろうかと考え込んだことがあるのだけれど、おそらくは因果が逆で、親しい人の姿は目にするのが快いから可愛く見えるのだと思う。その程度の認識なので、人間の容姿の美しさに価値を感じない。そもそも、人間の肉体を美しいと思っていない。親しい人への愛着等を抜きにすれば、グロテスクだと思っている。私自身は綺麗、可愛いと言われることが多かったけれど、あまり嬉しくないか、不快と感じることが多い。肉体は仮初であり、精神こそ本質だと思っているから、私のいいところは他にあるのに、と思う。それなのに、容姿は真っ先に目に入りやすいところだからだろうか、頻繁に言及される。そこを褒められて嬉しいかどうか、という互いの価値観を知る前に話題に上がりやすいのも、不幸なすれ違いが多い理由のひとつかもしれない。

容姿なんて自分が作ったものではなくて、生まれつきのものに過ぎないのだし、それを見るのも私ではなく他人だし、褒められたところで、別に自分のこととも思えない。自分のものとも思えないものが、自分の表面にべったりくっついているのは気持ち悪い。そこに欲望の眼差しが向けられるのは尚更不快だ。欲望というのは、可愛いから仲良くなりたい（性別や性的指向に関係なく）といったものから、性的なものまで色々あり、嫉妬とか、それが反転した軽侮のかたちで現れることもあるが、肉体の美醜という些事が大問題となって、人の込み入った感情の引き起こすごたごたに巻き込まれるのは耐え難い。肉体が分厚く不透明な壁となって私と世界との間に立ちはだかる。

それでも、美しくなりたいと願ってしまう心があるのもほんとうで、それが苛立たしいところだ。美しくなりたいというよりは、醜くなくなりたいのだと思う。肉体というこのグロテスクなものへの嫌悪が、それでも醜さをゼロに近づけることならできるのではないかという錯覚を呼び込んでしまうことがある。肉体そのものの普遍的な穢《きたな》さを、他の肉体と比較しての劣等感と読み替えてしまえば、まだ解決可能な問題に見えてくるからだろうか。

容姿における美しさとは「摩擦係数の低さ」だと、考えていたことがある。プラスではなくゼロ。ノイズの少なさ。情報量の少なさ。限りなく無個性。限りなく透明。美しくなればなるほど、誰の目にも留まらず、何かの壁の向こうにするりと抜けられるような気がしていた。

他者から頻繁に恋愛感情や性的欲望を向けられるようになり、苦しんでいたときも、自分がもっと美しければこんなことにはならないのだと思おうとしていた。ほんとうに美しければこんな穢い欲望を喚起することはなかったはずだ、自分が醜いから醜さに付け込まれるのだと自分を責めようとしていた。世界に絶望するよりは、自分を責める方が楽であるような気がしていた。

つまりは身体の消滅を願っていた。一番美に近いのは身体がない状態だと思っていた。誰にも見られたくない、誰にも触れられたくない、欲望されたくなかった。

痩身願望というのは、死への欲動なのではないかと思う。いや、歴史的に見れば、ふくよかな身体が美しいとされていた時代もあるのだし、現代において社会的なステータスの高さを示すのが細身の身体だというだけであることは理解している。けれど私には、ダイエットというのは自分の身体を削って削って、消滅へ追い込みたいという衝動の表れなのではないかと思えてならない。それは、身体を肥大させる筋トレといった向日性の営みとは正反対の、昏い夢なのではないかと。

いっとき、体重が激減したことがある。ダイエットをしていたわけではない。もともと食が細くて痩せ型だったが、急に食欲が全くなくなってしまったのだ。原因はあったのか、なかったのか、複合的なものだったのか、わからない。ただ、自分の中できっかけと思えるのは、友人と会ったときに言われた、「痩せたね」の一言だった。「前会ったときは、ちょっとふっくらしたなーと思ってたんだ」と。

ふっくらしたと言われて痩せようと決意したのではない。痩せたねともっと褒めてほしかったのでもない。気持ち悪かった。自分の身体に視線が向けられていて、些細な変化にも注意が向けられ、口に出さなくても太ったとか痩せたとか思われていたのが嫌だった。相手には全く関係のないことのはずなのに、さもいいことのように嬉しそうに「痩せたね」と言われたのも(毎年恒例の夏ばてで体重が落ちていただけであり、「ふっくらした」のは冬に体重が戻っていただけなのだが)、そうした言葉で他者が私の身体を管理下に置こうとしていることも、怖かった。

だから、見えないものになりたかったのだと思う。他者の視線をすり抜けるくらい、薄く透明なものになりたかったのだと思う。痩せて綺麗になって認められたかったのではなくて、消えてしまいたかった。実際に自分の身体の中で何がどのように作用したのかは不明だが、その人と会うたびにその後しばらくは食べ物が喉を通らなくなり、体重は激減した。

食事を摂ること自体が苦手で、パフェとかアイスクリームとか果物といった夢みたいなたべものばかり食べてしまうのも、自分に物理的な肉体があって、それを養わなくてはいけないという事実に馴染めていないのだと思う。

しばらく前、爪が割れやすくなった。もともと爪は丈夫な方で、切るのが面倒くさいせいもあり、かなり伸びるまで放置していたのだが、伸ばしっぱなしにしているとすぐ折れてしまうようになった。

除光液のせいで爪に負担がかかっているのかと思い、マニキュアをしばらく控えていたが、改善の兆しは見られない。私の食生活を心配していた知人に、蛋白質が不足しているのではないかと言われ、なるほどと思った。身体が物質で構成されていて、常にその材料を補い続けなくては崩壊してしまう、というのは、言われてみればなるほど理屈として正しいようだが、まるで現実感はなかった。私はやっぱり自分のことを妖精だと思っていた。

このまま蛋白質を摂らずにいたら、自分の身体が指の先からさらさらと砂になって崩れていき、やがては消滅する、という想像をして、悪くないなと思った。

衣服のための身体、身体を許すための衣服

そんな私が自分の身体を愛する行為が、服を着るという行為だ。生まれ持った身体は選べない。私の精神を反映してもいない。けれど服は選べる。自分の好きなもので、自分の精神の証で、身体を覆うことができる。

容姿を褒められるのは苦手だけれど、装いや持ち物を褒められるのは嬉しい。それは私が選んだものだし、そこに見えているのは私の精神だし、好きなものを褒められれば私も素直に喜べるからだ。

それでも、好きな装いをしているときなら、可愛い・綺麗と言われることを楽しめる。言及されているのは自分の肉体ではないと思える。他者が私を美しいと思ったとしても、かれらが見ているのは私ではなく、美しい衣服の森なのだと思える。私は布の森の中に逃げ込み、人の視線から姿を隠す。街中を歩いていて、知らない人からの視線を感じても、とびきり素敵な服を着ているときなら、それも仕方ない、この服がとびきり素敵なせいだと思える。自分が見られているとは思わないで済む。

悲しいことに、装いを褒められることと容姿を褒められることは時に近接していて、素敵なお洋服ね、と言われてにこにこしていたら、そういう体格／顔立ち／肌の色etc.だから似合うんだねと続けられて、どういう顔をしたらいいのかわからなくなるときもある。頼むから肉体には言及しないでくれと思う。どんな肉体の持ち主であっても、着たい服を着ていいはずだ。

けれど、自分の肉体の特徴が、好きな服が似合うということだけに集約されるなら、欲望とかヒエラルキーとかいったものから解放されて、ただ服を活かすことにだけ奉仕するなら、それも愛することができるだろう。

何より、服を着ることだけは、身体がなければできない。

無論身体がなければできないことは他にも沢山あるはずだけれど、食は私にとって多くの場合快楽であるというよりは苦痛だし、運動も苦手なので身体を動かすことは自由よりも制約を感じさせる。

私にとって、身体があってよかったと感じられる唯一の理由が、服を着られること、なのだ。

気に入った服を選んで着るとき、身体はただ、服を美しく飾るためのトルソーとなる。男性に負けるための器でも、獲得されるための賞品でもなく。

はじめてロリィタ服を買いに行ったとき、パニエも一緒に購入した。その時、店員さんに「トルソーではスカートの下にパニエを二枚重ねてますけど、着るときは一枚で充分です、人間にはお尻があるので」と言われてそれが妙に愉快だった。

お尻、という、身体の中でもとりわけ性的な意味を持たされやすい部位が、スカートを膨らませるパニエ代わりという機能に還元されてしまったことが嬉しかったのだ。

無論歴史を遡れば、そもそもきゅっと締めたコルセットに膨らんだスカート、というのは、バストとヒップのボリュームを強調するもの、という説明がなされていて、身体だとか性的魅力といったものと無関係ではない。パニエの方がお尻の代わりだったわけだ。けれど、時代が下り、様々なシルエットの服が着られるようになった現在、ふわふわに膨らませたスカートというのは性的魅力から切り離されて「絵本の中のお姫様」「少女性」という概念の世界に属するようになった。生身の身体というよりは、「物語」や「夢」を志向するものとなったのだ。

身体を美しく見せるために服を着るのではなく、服を美しく飾るためだけに身体がある。それは嬉しいことだ。

だってお洋服って夢のように美しい。単体でもあれほど美しいのに、中に人間が入ることではじめて完成し、いっそう美しくなるのだ。人間は、身体は、こんなに醜悪なのに。人間が入るとお洋服にほどよいボリュームが出て、パフスリーブもふんわりとふくらみ、動けばスカートがひらひらと踊る。服に命が吹き込まれる。服が操り人形なら、私たちは黒子。このスカートの裾を翻すために私は、私の身体は生まれた。

それは私の身体にとって、なんと優しい宥しなのだろう。

生きている間だけは、私は服を着るだろう。妖精である私が、人間界を訪れている間の、ささやかな戯れとして。

＃9

幻獣は滅びない

人間になりたくなかった話

人間になりたくないと、ずっと思っていた。

「七つ前は神の内」という言葉を知ったのはたしか七歳の時で、自分はもうじき神様ではなく人間になってしまうのだと口惜しかった。

後にファンタジーについての本を読んでいたら、生まれて間もない子供と死の近い老人は「あちら側の世界」に近い存在であり、大人は「こちら側」に属する存在である、子供がファンタジーの世界と高い親和性を持つのはそれゆえである、という話が出てきて、「こちら側」の住人になどなりたくないと思った。

カーステレオから流れる曲のイントロの一瞬に、絵の中の暮れていく空に、強烈ななつかしさを覚えることがあって、それらは私が生まれてくる前にいた世界から来たものなのだと思った。このままこの世界の住人として大人になってしまったら、もといた世界には帰れない。この世界に居着いて、別の世界のことを忘れて、人間になってしまってはいけないのだと信じていた。

物語の登場人物が冒険に呼ばれる年齢は、たいてい九歳か十一歳だ、と姉は真顔で言った。次に多いのが十三歳。その話をしたのは小学校への集団登校の途中で、ひとつ年上の姉は何歳だったろうか、たぶん九歳か十歳くらいだった。姉はタイムリミットを恐れていた。九歳か十一歳か、遅くとも十三歳までに「あちら側」への扉が開かなければ、一生「こちら側」の世界で生きるしかないのだ。

『眠れる森の美女』のオーロラ姫は十六歳だよ、と私は言った。お姫様なんか、と姉は言った。王子様待ってるだけなんてやだ。私も、王子はいらなかった。妖精たちの贈り物と、魔法のかかった茨の森だけが好きだった。

その頃、金子みすゞの詩が好きだった。中でも印象に残っていた詩に、「さみしい王女」

がある。

さみしい王女

つよい王子にすくはれて、
城へかへつた、おひめさま。

城はむかしの城だけど、
薔薇《ばら》もかはらず咲くけれど、

なぜかさみしいおひめさま、
けふもお空を眺めてた。

(魔法《まはふ》つかひはこはいけど、
あのはてしないあを空を、
白くかがやく翅《はね》のべて、
はるかに遠く旅してた、

小鳥のころがなつかしい。）

街《まち》の上には花が飛び、
城に宴《うたげ》はまだつづく。
それもさみしいおひめさま、
ひとり日暮《ひぐれ》の花園で、
眞紅《まつか》な薔薇《ばら》は見も向かず、
お空ばかりを眺めてた。

『新装版　金子みすゞ全集・III　さみしい王女』（ＪＵＬＡ出版局、一九八四年）

王子に救われて、夢も魔法もない日常に戻ってしまったら、がっかりするだろう。心がときめくのは、王子に出会ったときではなく、魔法使いや竜に攫われて、今まで見たことのない広い世界を目にしたときのはずだ。

私は竜に攫われて、広い空を旅して、高い崖に穿たれた竜の洞穴で眠りたい。ううん、私が竜になって空を飛びたい。

オーロラ姫の年齢を基準にしたわけでもないだろうけれど、「自分の前にはこの先一生『扉』

が開かないかもしれないんだ」という認識に突然襲われたのは高校生の時だった。まっすぐ帰る気になれなかった放課後、学校の近くの静かな住宅街をあてもなく彷徨って辿り着いた、小さな暮れ方の公園で、ふいに訪れたその認識は私を打ちのめした。

人間になりたくない、人間になりたくないと、心の中で唱えるように、思い詰めていた。

ずっと後になって、はじめて海外旅行をしたときに、美術館のミュージアムショップで姉へのお土産として陶器に描かれた青い魚のポストカードを買い求めた。中世の写本に描かれているような、どことなく奇妙な魚の絵というのは、姉の好きなもののひとつだった。

姉はそれを気に入って、自室の壁に貼ってくれた。姉の部屋のマリン柄の壁紙はその時まで、子供が遊ぶような浅瀬だったのだが、その魚が来た途端、中世の地図の、人魚や巨大な海蛇がいる危険な外海になった。この壁紙はずっとこの魚を待っていたのだと、姉は喜んだ。この魚が来たことで、この海は「この魚のいる海」になったのだと。それは未知の、想像力の中の海だった。

またある時、ハマスホイ展を訪れた姉は、大判のポスターを買って帰ってきた。それはハマスホイの得意とする室内画のひとつで、誰もいない部屋の奥に開いた扉があり、その向こうの部屋の奥にも開いた扉があって、というふうに、連なる扉の先が見渡せる。それを壁に貼ると、姉の部屋の壁に扉が開いたように見え、部屋の外からその壁を見ると、扉と部屋の連続は更に入り組んで見えた。

姉は「部屋」や「空間」や「扉」を愛しているのだけれど、この絵が姉を惹きつけたのはそのせいばかりではない。姉はそこに、ただの扉ではない、世界からの出口を見出したのだった。姉が子供の頃からずっと探していた、この世ではないどこかへの出口である。この絵の中に入ることができれば、いくつもの部屋を横切って、その扉を潜ることができるはずなのだった。その扉へ至る空間を、壁に穿たれたアルコーヴのように、持っておくことにしたのである。

竜になりたかった話

私がこの世で(あえて、この世で、と言うが)一番好きないきものは竜である。中学校の二者面談のとき、担任の数学教師に向かって、竜の話をしていたのを覚えている。竜はあらゆる意味で人間の対義語なのだ、といった話を。ちなみに別の年にはキリスト教の人間中心主義的なところが受け入れ難い、という話をしていた(ミッションスクールだった)。

竜/龍が好きというと、しばしば「西洋の竜と東洋の龍、どっち?」と聞かれる。私のイメージの中の竜/龍は、蛇型の東洋龍よりは蜥蜴型の西洋竜に近い姿をしている。しかし、西洋竜のように悪魔や悪鬼の類として退治されるのではなく、東洋龍のように神として崇められるのが相応しい。ル＝グウィンの『ゲド戦記』の竜が理想に近い。偉大で、長命で、人間には及びもつかない叡智を湛え、同時に人間に都合のいい「かみさま」ではない、野性と兇暴性を秘めている。文化人類学者を親に持ち、白人中心主義や人間中心主義を解体しようとしたル＝グウィンだから描くことができた竜の姿だ。

物心ついた頃から物語を書いていた。はじめて自分で納得の行くものが書けたのは中学二年生の時。その名も「龍の都」[*1]といった。掌篇である。隣の世界から龍がやって来る。龍はおのれの世界を喰い尽くし、こちらの世界をも喰らわんとやって来る。その行いに、善も悪もない。こちらの世界の主たる「神」は龍の美しさを愛する。しかし人間にとっては龍は悪である。人間は天へ登って龍を殺害する。その時から、世界は今のようになった。

それは私が考えた物語ではなかった。どこかから私の上に降って来て、私の指を通して紙の上に現れたのだ。そんなことははじめてだった。それ以降、私はその形式でファンタジーのような幻想のような掌篇を書き続けることになった。

大学に入って短歌にのめり込み、散文の物語を書くことから遠ざかった。やっぱり物語も書きたいと思って、数年ぶりに執筆を再開したとき、指慣らし的な即興の小説を除いて、最初に書いたのがやはり龍の物語だった。

お姫様、というか、誰でもいいのだけれど女の子がいて、龍に攫われた彼女を救い出すために旅に出た王子様、なのか騎士なのか、誰でもいいのだけれど男の子がいる。男の子は奇跡的に龍を斃すことができたのだけれど、女の子が幽閉されている塔の部屋に駆けつけてみると女の子は血を流して息絶えている。女の子は龍に攫われたのではない。みずから龍になって人間世界を去り、ここに棲んでいたのだ、という悲劇的な掌篇。後に『月面文字翻刻一例』という掌篇集に「塔」という題で収録した。

アイディアは高校生の時からあった。おとぎ話風に三人称で書こうとしていたが、何度試みても数行と進まなかった。そのまま休筆期間に入った。この題材がずっと気にかかっていて、執筆を再開したとき、突然この物語を語るべき「声」が見つかって、そこからはすらすらと進んだ。

私は自分の作品をしばしば、作者としてというよりは読者として解釈する。高校生の私にとって、まだ書かれていなかったこの物語は、思春期についての物語でもあった。それまで大人しく平穏に暮らしていた少女のうちに、思春期の訪れとともに兇暴なものが湧き上がってくる。人間社会の中に突然現れた龍は、周囲の人々を傷付け、身動きするごとに何もかもを破壊するほかない。そしてそれ以上誰をも傷付けないために、曠野へと飛び去り、そこで暮らす。孤独に、自由に。ところがそんな少女＝龍を救おうとお節介を企てて、彼女の王国へ侵入してくる存在があり、少女＝龍を殺してしまう。

他の誰かが人の作品を解釈するときに用いていたら、あまりに俗だと軽蔑するような連想ではあるが、その当時の私は、少女＝龍が流す血に初潮の血を見出していた。おとなになり、「女」としての性別を備えた存在になってしまったら、それは「人間」になってしまったということであり、龍としては死んでしまうということだったから。そして「少女」を「龍」から救い出しに来るのが「少年」であるのは、それが昔話の型だからという以上の意味が、というより、昔話を支えている型としての意味があって、つまり、異性愛の枠組みに嵌め込まれて、「女」として「男」と番わされたときに、龍は死ぬのだった。少女期の終わりが迫っていた私にとっての重要な問題がこの筋立てには詰まっていた。龍として暴れ出したいような苛立ちと、龍になれるタイムリミットが迫ってきていることへの恐れ。

そう、人間になりたくないという思いには、「女」になりたくないという思いがたしかに含まれていたようだ。今はまだ性別のない存在でいられる、しかしもうすぐ「女」としての身体になり、「女」として眼差されるようになる、それが、吐き気がするほど不快だった。そうして自分は「男」と番わなければならないのだろうか？　人間の世界の一員として求められる通りの存在になり、人間の世界に順応して、本物の「人間」になってしまうのだろうか？

そうなる前に、龍のまま死にたいと思うくらいに、「人間」になるのが嫌だった。

……しかし、人間になりたくないという思いのすべてを、ジェンダーへの違和感に還元してしまうのも単純に過ぎるように思われる。

短歌の新人賞を受賞し、小説の新人賞の最終候補に残ったりして、短歌だけでなく小説の依頼ももらえるようになった。はじめて商業媒体に載った小説には、やはり、竜が出て来る。「白昼夢通信」という題の、書簡体小説である。東京創元社から出た、『GENESIS』という書き下ろしSFアンソロジーシリーズの第二巻(巻のタイトルはこの小説から取られている)に掲載された。基本は「のばら」と「瑠璃」という二人の往復(?)書簡で、のばらは人が鬼に見えるという性質を持ち、瑠璃は竜の一族の末裔である。竜はずっと眠っていて、夢を見ており、その夢の中で私たちは生きているのだが、退屈な夢から醒めたいと望み、そのためには殺される必要がある、ということが手紙の中で語られる。

数多の物語の中で、竜は殺される。それは悲しくて不条理なことだ。それでも、殺された竜は別の次元で、もっと高い次元で、生き続けているのだという物語を私は必要としていた。

はじめて満足の行く小説が書けたとき、小説の執筆を数年振りに再開したとき、小説家としてデビューしたとき、そうしたメルクマールのいずれにも、竜はいた。

人間になろうとした話

もう竜ではいられなくなると恐れていた少女期の終わりを迎えて、私はどうしたのだろう？

皮肉なことに、そのころ私は、自分は人間であると主張せざるを得なくなっていた。入学した大学は非常に性差別的な環境だった。そこでは、女性はほとんど人間と見なされていなかった。それまで自己を性別のない存在と見なしていた私だが、大学入学当初は周囲の男性たちと同化しようとし、やがて彼等が私に愛想が良いのは、あるいは敵対的なのは、ただただ自分が「女」だからなのだという事実を突き付けられて、社会的に「女」として遇されることの痛みに正面から向き合わざるを得なくなった。私は、社会的な経験を共有する「女」の集団の一員として自己をアイデンティファイすることを引き受けるようになった。自分は「女」ではない、と言うことは、その頃の私には逃げのように思われたから。

そして私は、「女」は、「男」と同じ「人間」である、というテーゼを掲げた。周囲の男性たちは、対等な人間の言葉を聞くようには私の言葉を聞かなかった。私を、理解不能な「女」といういきものと見なしていて、何を口にしても、「女」（という架空のいきもの）のフィルターを通してそれを曲解した。私はあなたと恋愛関係になるつもりはない、という単純明快な断言でさえ、「女」というフィルターを通すと、むしろ彼等を焦らし、誘惑するものとして解釈されるのだった。私は人間であり、あなた方と全く異なる言語体系や思考回路を持っているいきものではない、というところから始めなくてはならなかった。

ミソジニーは、「女」を（たとえば「動物」として）わかりやすく見下すとは限らない。「天女」や「妖精」といった、美しく賢く優しく、人間を超越したものとして「女」を仰ぐこともある。しかしそれは、人間＝男の要求を都合良く呑んでくれる、痛みを持たない存在として利用しているに過ぎない。たとえば「女」は芸術の女神たる「ミューズ」の地位に置かれることがあるが、芸術家として認められるのは「男」だけで、ミューズは結局のところ搾取されて捨てられる。

私は竜でもあり妖精でもあり天使でもあり人形でもあったのだが、それを表明したら、家父長制の中で都合良く使い捨てられる存在に甘んじることにしかならないと思った。自分だけならまだいいけれど、「女」全体を都合良く使い捨てることを正当化する根拠にされるだけだと。

「女」になったら「人間」になってしまうと思っていたけれど、「女」は「人間」にすらなれないと突き付けられて、「人間」と認められる権利をまず勝ち取ろうとしなくてはならなかったのだ。

トランスジェンダー差別もそこに関わってくる。トランスジェンダーを揶揄し、そんなものはあり得ないと主張するためだけに、「では私は猫を自認するが、猫として扱ってくれるのか?」といった詭弁が用いられる。そんな社会の中で、人間でないものにアイデンティファイしていると表明することは、意図せずしてトランス差別に力を与えることになるような懸念もあった。人間でないものにアイデンティファイすることなどあり得ない、笑止千万だという前提が、この詭弁を用いる人々にも、それに反論する人々にも、共有されていることが多く、それも苦しいことだった。現実には、自身のジェンダーを人間以外のものとして理解する「ゼノジェンダー」の人々がいるし、それは間違ったことでも不真面目なことでもないにもかかわらず。

しかし、「人間」と見なされていない集団を、「人間」に含めるように求める、それだけでいいのだろうかと、徐々に思うようになった。

たとえば、セクシュアルマイノリティの権利運動においては、しばしば「愛は尊い」といったフレーズが使われる。同性愛も「異性愛と同じように」尊い、だから婚姻などの権利を付与すべき、という論理である。その場合の「愛」はロマンティック・ラブに限定されているし、アロマンティックやアセクシュアルは存在を無視されている。「正しい愛」「保護すべき愛」という概念は保守したままで、同性愛「も」そこに入れてもらえるようにする、というやり方では、結局のところ差別の構造は残り続けるのだ。「正しい愛」とか、「あるべき人間像」といったものを規定して、その枠内に収まるものを保護し、収まらないものを排斥する、という構造自体を破壊しなくてはいけない。そう私は思う。

それと同様に、「人間」と「人間でないもの」の線引きを批判することなく、自分たちも「人間」の枠内に入れてくれと主張するだけでは、差別の構造そのものは変わらない。なぜ「人間」なら権利を保護されるべきで、「人間でないもの」への暴力は許されるのだろう？　人間による、動植物に対する虐待や搾取、侵害がこんなにも苛烈な世界で、「人間」と「人間でないもの」の差別を当然と見なし続けること自体を、問題視するべきではないか？

同時に、自己を「女」としてアイデンティファイしないことは、「女」への差別からいち抜けしようとする「逃げ」の行為である、という論法でトランスジェンダーへの差別が展開される場面もしばしば見られる。私が自分を「女」と見なすようになったときの論理と同じものが、トランス差別に用いられるのを目にして、私は自分を「女」の枠内に囲い込むのをやめた方がいいかもしれないと思うようになった。

そうした理由で、私は最近、自己を「女」でも「人間」でもないものとして表現することを、避けなくてもいいと感じている。

やっぱり竜になる話

メイクを始めたのは遅かった。

私の知っている文化圏では、大体、高校まではメイク禁止。大学に上がった途端、メイクをするのが当然どころかほぼ義務になる。そのダブルスタンダードについていけなかったし、気に入らなかった。だから大学に入ってからも二年近くノーメイクで通した。

「人間」の「女」として自分を魅力的に見せる技術など、必要に思えなかった。人間の顔立ちの美醜というのは私には興味がないし、判別もつかないのだ。そういう意味では、自分の素顔に不満もなく、手を加えて美しくしようという気にはならなかった。

ノーメイクでいると、「何で化粧しないの?」とよく聞かれた。サークルの先輩の男性にそれを聞かれたとき、「化粧しなくてもかわいいからです」と言うのもなんだし……と思い、「もともと濃い顔立ちで、お化粧をするとけばくなっちゃうんですよね」と答えると、「でもそうじゃない化粧の仕方もあるじゃん」と食い下がられた。化粧をしたこともないお前に何が分かるんだ。

一方で、ゼミ合宿の時には、Twitterで相互フォローだった男性の先輩の、「化粧しない女の子って、合宿の時に(素顔を見て)がっかりさせられないからいいかもなう」という投稿を目にすることにもなった。それはそれで気持ち悪い。

成人式を境にメイクをするようになった。

成人式そのものには参加せず、中高の同窓会にだけ出席した。姉のお下がりのパーティドレスを着ることにした。パーティドレスにすっぴんはどうもバランスが取れないので、メイクというものをすることにして、姉と一緒にこわごわスーパーの化粧品売り場に行き、コスメをいくつか買い、使い方を教わった。買ったからには勿体ないから使おうかという気持ちと、いずれメイクをしなければならない事態が出来してもいいように練習をしておくかという気持ちで、日常的にメイクをするようになった。

そんな気持ちでするメイクが楽しいはずがなかった。なんとなく「メイクしてるっぽい顔」にする以外の意味は見出せなかった。メイクをしているように見えれば、文句を言われない。それだけのことだった。「マナー」や「身だしなみ」や「TPO」なんて本当はどうでもよかったのに、いつか来るかもしれない、TPOをとやかく言われなきゃいけない場面のために、日々を練習台にするなんていう、つまらないことを私はしていたのだ。

メイクが楽しくなってきたのは、二十代半ばのこと。

ある春の日、人が大勢集まる場で、友人に私だと気付かれなかった。名乗ると、「え!?

普段と顔が違う！」と言われた。

そんなことははじめてだった。それまで、メイクをしてもしなくても、ほとんど顔が変わらない（変わるくらい濃くすると、けばけばしいだけになってしまう）と思っていた。その日はたしかに少しだけ、普段と違うメイクをしたのかもしれなかった。何年も前に教えられた「正しいメイクのやり方」をはみ出して。

そこから、「正しいメイクのやり方」なんて無視し始めた。好きな色を好きな場所に載せたり、好きなところに線を引いたりするようになった。それが楽しかった。何の意味があるのかわからないまま続けていた工程は全部無視した。


もうひとつ、環境の変化が私の気持ちの変化を後押ししていたのは間違いないと思う。環境の変化といっても、私が場所を移動したのではなかった。私はずっと同じ大学にいて、大学院に進んだ。その間やはりずっとそこにいた一人の同期が、その春大学院を離れた。

たったそれだけのことが、私をようやく自由にした。

その人は私に対して性的な加害をした人で、その人がいるからといって志望先に進むのを諦めたくはなかった。加害者のせいで進路を変更したら、一生の間そのことを引きずると思ったからだ。

和気藹々とした談話室で、講義室で、その人と空間を共にすると、私の身体は強張った。

その人がいるとき、私は誰の呼びかけも聞こえないふりをして読書に熱中するか、誰とも目を合わせないように虚空を眺めていた。適切な距離感を取るための様々な試みも虚しく、どうやらその人は私と目が合うだけで両思いだと錯覚するらしいことがわかったからで、友人や先輩、後輩たちと談笑しながら、その人一人だけを無視するという仲間外れみたいなことはしたくなかったので、私の方が存在しないもののように、あるいは私以外の全員が存在しないもののように振る舞うことにしたのだった。

その人の視線が纏わりついて離れなかった。その人がいる限り、私は自分をできる限り透明に、目に見えないものにしたいという気持ちから自由になれなかった。そうしないと生き延びられなかった。

だから、その人が大学院を離れたとき、私はようやく、「自分を消す」以外の方法で、自分の見え方を選べるようになったのだと思う。

髪も眉もピンクに染める。
唇に真っ黒いリップを塗る。
あるいは、薔薇の花の形をしたすみれ色のリップを指先に取って唇に載せる。
睫毛には鮮やかな青のマスカラ。あるいは、銀のラメのマスカラ。
あるいは、白いマスカラをたっぷりと塗る。睫毛に積もった雪のように。

瞼にはオーロラのような偏光ラメや星屑のような大粒のグリッター。あるいは薔薇色やライラック色、勿忘草色のアイシャドウ。

上瞼には翡翠色と金糸雀色のアイシャドウを、下瞼には珊瑚朱のアイシャドウを塗ることもある。南国の鳥みたいな色の取り合わせ。

青いチークやハイライトを載せて、妖精の粉のような光を纏う。

これはほんの一例。

カラーマスカラは優に二十本くらいは持っている。同じピンクでも、チェリーピンクにくすみピンク、白みピンクに青みピンク、モーヴピンク、紫系なら赤みの強いバーガンディやカシスから、ラベンダー、ウィステリア、紫陽花のような青紫に、ネイビー、青ならクリアブルーに淡いスカイブルー、ターコイズ、緑に行ってピーコックやフォレストグリーン、それにホワイトにベージュにグレイ、などなど。同じ色に見えても、マスカラ下地もあればラメ入りのものもあるんです。それを重ね付けしたり、上睫毛と下睫毛で違うのを塗ったりする。

カラーライナーもそれに近いくらいありそうだ。数えていないけれど。

アイシャドウは単色のものが多い。いろんな色が並んでいるパレットにもときめくけれど、どんなパレットにも入っている地味な締め色を私はほとんど使わず、発色のいいものばかり使うことになるので、単色で気に入った色だけ買うのがいいのだ。とはいえ、ピンクだけ詰め込んだパレットとか、ラメだけ詰め込んだパレットも持っている。

ピンクのアイシャドウにピンクのアイラインにピンクのマスカラ、といった合わせ方ももちろんかわいいけれど、たとえばピンクのアイシャドウに白いアイラインに青いマスカラ、といった組み合わせも素敵だ。上瞼に水色とライラックのアイシャドウを、下瞼にピンクのアイシャドウを塗って、白いマスカラを塗ってもいい。上睫毛は淡いピンクにして、下睫毛はネイビーで際立たせようか。夏はオレンジのアイシャドウに黄色いアイライン、フォレストグリーンのマスカラで楽しい感じにしたい日もあるし、秋には葡萄色のアイシャドウと、それより少し濃いバーガンディのマスカラの取り合わせもいい。冬は色のつかないラメだけのアイシャドウと、ベージュのマスカラにラメマスカラを重ねたり。

着ていく服やシーンに合わせてメイクをすることも多い。中世イギリスの物語詩『サー・ガウェインと緑の騎士』をもとにした映画『グリーン・ナイト』を観に行ったときは、作中に登場する、全身が緑色の巨大な騎士をイメージして、緑でコーディネートした。中世の森を思わせる、緑の地に花柄のヴィンテージのドレスと、ベルベットの帽子、緑の石を使ったネックレスとおそろいのイヤーカフ。使うコスメも全部緑だ。緑の下地（肌に載せると、赤みを消す程度で緑には発色しないけれど）、深緑のアイシャドウと、緑の偏光ラメが入ったピンクのアイシャドウ、モスグリーンのアイラインに、フォレストグリーンのマスカラ。リップには緑のラメ入りのグロスを重ねる。ハイライトにはミントグリーンのラメが入っている。グロスやハイライトははっきり緑には発色しないけれど、光の当たり方によってふと緑のきらめきが目に入るのもきっと素敵。

一方で、コンセプトや方針を全く定めずにメイクを始めることも多い。今日はこのアイシャドウを試してみたいから。このリップを使いたいから。目に入ったコスメや今の気分に合っているコスメを気まぐれに手に取って、塗ってみる。それに合いそうなコスメを探して、仕上げていく。あるいは特に合わせずにぶつけてみる。仕上がりかけたメイクの、最後の工程で冒険してみる。

つまりは好きにやればいい。塗り絵みたいに、好きなところに好きな色を塗ってみる。そういうあそび。

イギリスに行ったとき、ドラッグストアで竜をコンセプトにしたコスメのシリーズを発見し、大喜びして、Dragon's Heartという名前のアイシャドウパレットと、Dragon's Bloodという名前の口紅を買った。だって私にはそれが必要だったんだもの。

自分の身体を、肌を、「自然」な状態ではあり得ない色、あるいは生まれつきではない色

に変えるのが、私にはとても楽しい。
きらきらに彩った瞼は鱗みたいだ。
血の気を全部消して、生者であることから自由になる。
真っ黒な唇で魔女になる。
白い睫毛で雪の妖精になる。
私は人間であることから解き放たれて、夢の存在になるためにメイクをしている。

*1「龍」と「竜」どちらの表記を好むかは時期によって違い、作品によっても異なるので、自作の小説に登場する龍／竜に言及する際は、作中の表記に従う。

#10

天使は汚れない

茶色い髪、黒い髪

はじめて髪を染めたとき、大学の同級生の女の子が私を一目見るなり「えーっ！」と悲鳴を上げ、こう叫んだ。

「純白のウェディングドレスに泥をかけられた気分！」

学部一年生の時だった。

通学の乗り換え時に使う渋谷駅には、美容師が大勢待ち構えていた。井の頭線からJRに乗り換える時に通る、岡本太郎の壁画「明日の神話」前の広い通路の、柱一本ごとに美容師が立っていて、目ぼしい通行人を見つけると後ろからすっと現れて声をかけてくる。カットモデルやカラーモデルを探しているのだ。

カットモデルやカラーモデルというのは、美容師の練習台のことだ。仕上がりは保証しないが、その代わり、材料費のみで施術してもらえる。ある程度の髪の長さがあって、なおかつあまり凝った髪型や髪色をしていない、つまり現在の髪型や髪色に強いこだわりがなさそうな人が声をかけられやすい。

そこでカラーモデルをやらないかと声をかけられた。安かったのでやってみた。はじめて髪が茶色になった。

すると、同級生は私を見て失望の悲鳴を上げたのだ。

その同級生にとって、黒髪は「清楚」の象徴だったのだろう。

私は清楚、純真といったイメージを持たれることが多かった。「汚れないでほしい」「そのままでいてほしい」などと言われる。そしてイメージに合わない言動をするとすぐに「私の川野さんが汚れてしまった……」などと言われる。

あなたのものになった覚えはないのだが。

私はたしかに、汚れない無垢な存在でありたい。人間より天使的なものでありたい。でも、あなたの思う無垢と私の思う無垢は多分違うし、私の無垢はその程度で汚れたりしない。

髪を染めるとナンパに遭いにくくなるとよく聞くけれど、私の場合は逆だった。そのことをサークルの同期にこぼして、「軽そうに見られるってことなのかな」と言うと、「それはないでしょ」と彼は言い、「軽そうな川野さんとか、やだわー」と続けた。それも気持ち悪い発言だ。(「軽そうに見られる」という自分の言い方も、ナンパという迷惑行為の原因を被害者の自分に求めていてよくない、と今なら思うけれど。)「清楚であれ」と私をコントロールしようとするそういう言葉を、その頃私は雨のように浴びせられていた。

ちなみにその後の私の経験によると、髪を染めたり派手な格好をしたりすることでナンパに遭いにくくなることはない。ナンパしてくる人のタイプは変わる。黒髪だったりナチュラルメイクだったりすると、度胸試しのつもりか、大人しそうな人が目を泳がせて突撃してくる。明るい髪色だったり目立つ格好をしていたりすると、ある程度慣れた感じの人が声をかけてきやすい。しかしどんな格好でもそれが好みという人が、残念ながらいるのだ。

黒髪も茶髪も、嫌だな、と思った。

黒髪なら、清楚。大人しそう。自分の見た目にあまり手間やお金をかけていないように見える。つまりおしゃれに関心がなさそう。ということは自分の価値を高く見積もっておらず、自分に自信がなく、自分の可愛さに気が付いていないだろう。気が弱そうだからナンパしやすい。自分に自信がなさそうだから手に入れやすい。その一方で、奥手そうだから近付きにくいかもしれない（と、いう勝手なイメージを持たれる）。

茶髪なら、軽そう。おしゃれに関心があり、自分のことを可愛いと思っていて、自分を高く買っている。軽そうだからナンパしやすい。でも自分に自信があって気が強いから手に入れにくいかもしれない（と、いう勝手なイメージを持たれる）。

「手に入れたさ」と「手に入れやすさ」を指標として分類される、そのどちらにも入りたくないと思った。

次に染めるなら、ピンクとかがいいなあ、と私はこぼした。黒髪や茶髪みたいに、ステレオタイプなイメージがついていない色がいい。

サークルの同期は、よくわからないという顔をした。

短い髪、長い髪

#1でも書いたけれど、子供の頃、私の両親は私に中性的な格好をさせたがった。だから、髪もずっと短かった。私は長い髪や、可愛いヘアアレンジに憧れていたが、母親に髪を切ってもらっていた子供の間、髪を伸ばすことはほとんどできなかった。

「髪は女の命」みたいなのは、理解できなかったように記憶している。小学生の頃に読んだ『レ・ミゼラブル』では、貧窮したファンティーヌの髪を売るという決断は、大きな葛藤を伴ったものとして描かれていた。『若草物語』でジョーが家族のために髪を売ると、他の姉妹たちは大いに同情を寄せた。「賢者の贈り物」のデラはジムへの贈り物を買うために髪を売り、しかも髪が短くなったためにジムに嫌われはしないかと怖れる。『赤毛のアン』では、髪を黒く染めようとして緑に染めてしまったアンが、やむなく断髪せざるを得なくなり、大いに嘆く。私には、彼女たちの嘆きや葛藤や自己犠牲がわからなかった。デラの台詞じゃないけれど、「髪はまた伸びる」じゃないの？　ショートカットだって絶望するようなものじゃないし、売ったら二度と戻ってこないジムの時計やファンティーヌの歯とは並べられないのではないかと思っていた。ショートカットが女性の髪型の選択肢に入ったのはそう古いことではない、と知るのはもっと後だった。

一方で、私は髪を伸ばしたかった。本の中に出てくるような、ふさふさと波打つ腰までの髪に憧れていた。親子喧嘩をしたことがほとんどない私だが、未就学児の時には髪を伸ばしたいと言って父親と喧嘩をした。中学生くらいになり、髪を伸ばすのは絶対に許されないという雰囲気ではなくなってきても、伸ばしかけていた髪を母親に切られたことが何度かあった。左右の長さを揃えようとしているうちに短くなってしまったのだというのが母親の言い分である。切られているうちに、だんだん軽くなっていく頭の感触に不安を覚え、終わると鏡へ飛んでいって、すっかり短くなった髪に絶望し、大泣きしながら眠って、体調を崩した。学校に行くと、慰めのつもりなのか、短い方が似合うよ、と言われて、さらに怒った。長い髪が似合うなら、今似合わない髪型をしていてもいずれは伸びるという希望があるが、似合わないのなら、永遠に望みが叶わないからいっそう絶望的ではないか。髪を腰まで伸ばすまでは死んでも死にきれない、でも伸ばしても似合わないなら生きていく希望がないとすら口にした。

「今、誰かが私を見て、他の人に説明するとするでしょ？『ほら、さっきまでここにいた、髪が短い人』みたいな言い方をするわけでしょ？　今の自分は『髪が短い人』だということ、『髪が短い人』として認識されることが耐えられない」と友人に言ったら、何を言っているんだろうと困惑された。

髪の短い自分が、どうしても受け容れられなかった。それは自分のように思えなかった。

しかしそれが自分である、ということが厭でしょうがなかった。自分の内側と外側が齟齬をきたしているような、自分が行方不明になっているような感覚だった。とにかく、髪の短い状態の自分を、自分として認められなかった。

こう書くと、たかが髪の長さで、どうしてそこまで、と思われるだろうし、私にもよくわからない。自分は角の生えているいきもののはずなのに、角がない、とか、鱗が生えているはずなのに、鱗がない、みたいな感覚に似ている気がする。自分は一角獣のはずなのに、角が取れてしまったばかりに馬たちと見分けがつかず、故郷への帰り方もわからなくなってしまったような、一時的に人間の姿をしているだけの人魚姫のはずなのに、何を言っているんだ、生まれたときからずっと人間だったじゃないかと言われているような（そういえば人魚姫の姉たちも長かった髪と引き換えに妹の命を救うための短剣を手に入れるのだった）。

物語の中の、妖精や女神、魔女といった、人間（の女性）の姿をした人間ならざるものはたいてい、腰まで、あるいは踝くらいまである長い髪をしている。彼女らの出処である神話や伝説の形成された時代に、女性がショートカットにすることはまず考えられなかったから、というのが理由だろうけれど、惜しみなく流れ落ちる長い髪は、巨木に生い茂る木の葉に似て、威厳と長命の証であるような気がする。

人間の姿をしてはいても、人間ではないという証を、自分の身体にほしかった。遠い物語の世界から来たということを、忘れて、帰り道を見失ってしまいたくなかった。そうだったのかもしれない。

ピンクの、とても長い髪

髪を腰まで伸ばせたのは、結局、大学院も博士課程に入ってからだった。高校生の頃に自分で美容院に行くようになり、髪を伸ばせるようになったはずで、そこからどうしてそんなに時間がかかったのか。髪が伸びるのが極端に遅いのかもしれない。周囲の人を見ていると、しばらく会わないうちにショートカットからロングヘアになっている人もいれば、いつもお世話になっていた美容師が産休と育休から帰ってくるのを待っているうちにすっかり長髪になった後輩の男の子もいた。私はと言うと、毛先を美容院で整えてもらうたび、前回から伸びた分がすっかりリセットされていたり、髪の毛を梳かれすぎて伸びた毛先がまばらだったりということを繰り返していた。

その過程で、冒頭に書いたように髪を染めた。美容師には、黒髪より明るい色の方が似合いますね、と言われたし、それは単なる営業用の文句ではなく、事実であるように思えた。生まれ持った髪の色に、似合う／似合わないがあって、加工した方が似合うようになる可能性がある、というのは、なにか奇妙で新しいもののように聞こえた。

私の身体が私に似合わないということも、あるのではないか。

ところで、私の髪はもともとさほど黒くない。私の姉は真っ黒でまっすぐな髪をしていて、私はやや茶色がかったくせっ毛だった。小学校の同級生に「髪、染めてるの？」と咎めるように聞かれたこともあった。だから、黒髪といえば姉の方で、自分を指す言葉ではないように感じていた。成長するにつれ、髪の色がだんだん濃くなっていったのか、茶色いと言われることはあまりなくなったけれど。

髪を染めて、「黒髪がよかったのに」とか、「黒髪の印象が強かったから、驚いた」と言われると、黒髪にこだわるわりに、解像度が低いんだなあ、と思った。もともと黒髪ではなかったのに。

かれらが見ていたのは、「長くて黒（っぽ）い髪をした女の子」のイメージであり、それは「大人しい」とか「清楚」とか「文学少女」といった言葉に簡単に変換できるものだったのだろう。

私が髪を染めたのを嫌がったのは同級生たちだけではなかった。父親もやや機嫌を損ねたようだった。

ヘアカラーのメンテナンスはなかなか面倒だし、二回目以降もカラーモデル価格で施術してくれていた美容師はすぐに遠くの店舗に異動していったので、その後は所謂「プリン」状態を放置して、髪色は元に戻った。いつかはピンクにしたいなと思ったけれど、髪は染めるとそれなりに傷むし、伸ばす方が優先だった。

日々、なかなか髪が伸びないなとか、ちょっと伸びてきたなとか、鏡の前で一喜一憂していた。そしてあるとき、ようやく髪の長さが腰に達したことを知った。生まれたときから一度も実現したことがなかった、自分のあるべき姿が、ついに自分に重なった。

お風呂に入るために服を脱ぐとき、肌寒い脱衣所で、背を覆う髪だけが息づいたようにあたたかく、これは私の鬣《たてがみ》だったのかもしれないと思った。

髪をピンクにするなら今だということもわかった。これまではほんとうの姿になるための準備期間として、髪が伸びるのを待ち続け、染めるのも控えていたけれど、やりたかったことをやれるようになったのだ。

さて、髪をピンクにするのはなかなか難しい。はじめはブリーチなしのピンクアッシュ、ピンクブラウン、あるいはミルクティーピンクベージュといった色にしようと思っていた。けれど、ヘアカタログではそれなりにピンクっぽく見えても、実際に染めてみるとピンクのニュアンスはさほど感じられない（これは髪質や元の髪の色によるだろう）。傍から見れば光の当たり具合でピンクっぽく見えるときもあるのだろうけれど、自分から見えないのではあまりテンションが上がらない。それで、もっとピンクを強めに入れてもらったが、ベースが暗いとピンクというよりは赤か紫という感じになる。ブリーチは髪が傷むし……と躊躇していたが、理想を実現するには四の五の言っていられないので、ブリーチする決意をした。

そうなるとだいぶ店を選ぶ。「こういう色にしたいんですけど」と写真を見せても、「これだとだいぶ派手になっちゃいますよ……」と渋られて、結局地味な色になることが多かったので、髪色を派手にすることに積極的な美容師を見つけなくてはいけない。なお、周囲の話を聞いていると、女性ジェンダーと見なされる外見で、刈り上げやベリーショートなどを希望する人も、「これだと男の子みたいになっちゃいますよ……」と、なかなか希望する短さまで切ってもらえないという経験をすることが多いようである。思い切った髪型・髪色にするには、美容師を説得するよりも、思い切った美容師を探す方が早い。

ホットペッパービューティーのヘアカタログ内を「ピンク」などのキーワードで検索して、大量に出てくる写真の中から気に入ったものをブックマークしていく。同じスタイリストによるヘアスタイル写真一覧も見て、同じような髪色を他にも手掛けているかチェックする。そしてサロンの情報を見て、通える範囲かチェックする。通える範囲になくても、気に入った写真をブックマークしておけば参考として美容師に見せることもできる。

Instagramも情報収集に役立つ。現代の美容師は最新の施術例をInstagramに載せて集客していることが多いからだ。特に派手な髪色はインスタ映えするから、媒体との相性がいいのだろう。また一口に美容師と言っても得意分野や経験豊富な分野は人によって違うし、SNSではひとつの分野のスペシャリストの人を見つけやすい印象がある。#pinkhairや#ハイトーンヘア、#ブリーチヘアなどで検索すると写真が沢山出てくる。気に入った色のものを見ていくと、同じピンクでも「ホワイトピンク」や「ローズピンク」、「チェリーピンク」と色々あることがわかり、自分の好きなピンクにするには何と言ってオーダーすればいいのかがわかってくる。

そうやって、自分のしたい髪色を手掛けている美容師が運良く通える範囲にいることがわかっても、実はまだ道のりは長い。ピンクや水色といった明るい色は何度もブリーチをして色を抜かないとそのままの色にはならないからだ。一回目の来店では一〜二度ブリーチしてピンクブラウンくらいの色になり、その次にまたブリーチして——と、ピンクを少しずつ育てていく。ついに、つややかに輝くローズピンクの髪が生えてくる。ニュアンスカラーとかじゃなくて、ほんとうのほんとうに鮮やかなピンク。

そうして手に入れた理想のピンク髪はしかし儚く、数日で色は抜けていく。根本は伸びて黒くなっていく。二〜三ヶ月に一度は美容院を訪れてメンテナンスをしなくてはいけない。リアルな話、一回に四〜五時間かかる。本を読んで時間を潰すなら、念の為二冊持っていった方がいいし、歌集なら三冊あった方がいい。ブリーチにカラーにトリートメントをつけてロング料金を入れると三万円ほど飛ぶ。傷むので、家でのヘアケアにもちょっといいものを使う必要がある。しかも一度染めると黒に戻すのもなかなか面倒だ。プリン状態を放置して全体が黒に戻るまで待つのでは（以前やったとはいえ）気に入らない髪色で過ごさなくてはならない期間があまりに長いし、かといって黒染めをしてしまうと、次にまた染めたくなっても色が入らなくなってしまう。

だから染めたら維持するのもやめるのも大変なのだけれど、それでも自分の髪がピンクであるというのは、手間を上回る喜びがあった。とにかく、人間としてあり得ない色の体毛を身に帯びているということは、驚くほどストレスフリーだった。以前から、カラーマスカラで眉をピンクにしたり、睫毛を青くしたりしていて、自然ではあり得ない色を帯びるのが好きだった。

自分は今ようやくほんとうの姿を手に入れたのだ、人間ではなく幻獣としての毛並みを、という喜びがそこにはあった。

短い髪、銀の髪

そうしてしばらくスーパーロングピンクヘアを楽しんだのち、三十歳の誕生日の前日に私は髪をばっさり切った。

以前から、三十歳になるタイミングで一度ショートにしてもいいなと思っていた。あれだけロングにこだわっていたとはいえ、ショートも嫌いではない。ショートカットが似合っている人を見ると素敵だなと思う。そして自分にはショートが似合うことも分かっていた。親が強引にショートにさせたがっていたのは、(多分に趣味も入っていようが)私にはロングよりショートの方が似合うという理由もあったからだ。似合おうが似合わなかろうが好きな髪型にするんだ、と絶望的な決意でロングにしたけれど、自分に似合うものはそれはそれで嫌いではない。腰まで髪を伸ばして堪能したら、その後はショートにしてみるのも一興だ。自分の意思でショートにしたことはそれまで一度もなかった。ショートカットの私はいつも不服で仏頂面だった。ショートヘアを楽しんでみたい。

消極的な理由としては、スーパーロングまで伸ばした上にブリーチとカラーを繰り返した髪がさすがに傷んでいたからというのもある。むしろ、あまりにも傷んだらばっさり切ればいいか、ショートも似合うらしいし、と考えることによってピンクヘアに挑戦できていたのである。また、私には抜毛癖の気があって、髪をいじって抜いたり千切ったりしてしまうので、毛先がすかすかになってロングヘアとしてあまり綺麗に見えなくなってしまっていた。

そして気付いたら髪を切るタイミングとして考えていた三十歳が目前に迫っていた。もうちょっと先延ばしにするか、とも思ったけれど、そもそもショートの髪型ってどういうのがあって、どういうのが似合いそうだろう、と調べているうちに、姿を変えて三十歳を迎えたくて矢も盾もたまらなくなり、翌日には美容院に駆け込んでいた。切りっぱなしショートボブになった。それが誕生日の前日のことだった。

髪を伸ばすまで死ねないし、髪が長くないと生きている気がしないという執着は、すっかり成仏していた。自分が一番したかった髪型、髪色を達成し、堪能し切ったら、二番目、三番目にやってみたかったものにも挑戦できるようになっていた。最も理想的な姿を一度手に入れたら、そこから変化したり離れたりすることはあっても、自分のほんとうの姿はあれなのだと自分でわかっているだけで十分なのかもしれない。

色は黒っぽいアッシュにした。さすがに傷んだし、メンテナンスの手間もかかるしということで、しばらくはカラーリングをお休みすることにして、しかし先述した通り真っ黒に染めてしまうと染めたくなったときに染められないから、地毛に近いやや淡い色にしたのである。

短くするとロリィタが似合わなくなるかもしれないという懸念は（でもまあ、それだったらウィッグ被ればいいでしょ、と楽天的に考えることにしていたのだけど）、杞憂だった。新しい髪型、髪色は、私にとても似合うし、ロリィタにも似合っていた。その頃はじめて会った人たちには、白雪姫みたい、と言われた。

黒（っぽい）髪は、一周回って何にでも合うなと私は思った。髪がピンクだとそっちが主役みたいになるけれど、黒髪は合わせる服やメイクを選ばない。あと、いつでもかわいい。寝起きでも。スーパーロングピンクヘアは、ばっちりメイクしておめかししているときはテンションが上がるが、すっぴんに眼鏡に寝巻きではさすがにバランスが取れないので、かわいいと思えないタイミングが残念ながらある。しかし黒髪ボブならすっぴんでも眼鏡をかけていても似合うのでかわいい。常に安定してかわいいのだ。

姉は「これはこれで妖精っぽいね。黒髪ボブの妖精なんて今まで見たことなかったけど」と言い、私は「はじめまして」と言って、笑った。

のだけれど、黒髪は半年で堪能し尽くした。飽きたとも言う。ちょうど黒髪ボブにしたタイミングで、はじめましての人に会うことが多く、そのイメージで固定されるのが嫌になったからでもあった。黒髪だとやっぱり「清楚」と言われがちで、なんか違うなあ、という気になる。私の清らかさ、というか神聖さって髪の色から来るものなんかじゃないので。

そこで今度は、いつかやってみたかった髪色のひとつ、銀髪ないし白に近い淡い金髪に挑戦することにした。また美容師探しの旅が始まる。ピンクにしていたときは原宿や表参道の美容院に通っていたが、近頃は通学のために都内まで出向くこともなくなり、美容院通いのためだけに遠出をするのは大変すぎる、と思うものの、私の住んでいる海辺の街に、原宿や表参道くらい派手な色にする気合いのある客と美容師はいるのだろうか。……ホットペッパービューティーで探したところ、いた。ホワイトブロンドを数多く手掛けている美容師が。

なお、はじめてこの美容院に行ったとき、iPadとApple Pencilを持ち込み、数時間にわたる施術時間中ずっと単行本のゲラ作業をしていたら、「本を書いてるんですか?」とあっという間にばれた。

ホワイトブロンドにするには、三回くらいブリーチして、淡いラベンダーを入れることが多い。ブリーチした髪は黄色みが出ることが多いので、反対色である紫で打ち消すのだ。仕上がりはラベンダー色で、そこから数日で褪色して白っぽくなっていく。更に時間が経つと黄味が強く出てくるので、また色を入れ直すことになる。

まず、淡いラベンダーの髪は私にとても似合っていた。ラベンダーや水色もやってみたかった髪色のひとつだ。色落ちしていくと、銀髪、そして白味がかった金髪になる。それもまた、私が見込んだ通り、たいそう似合っていた。淡い色、私、似合うんですよね。

子供の頃、本の世界に浸り切りで育ったし、私が読んでいたのは主に西欧文学だったから、金髪への憧れというのを内面化してしまっている。たまに現実に戻って来ると（というよりは訪れると）、自分がなぜ東洋にいて、黒い髪に黒い眼をしているのか、納得がいかなかったものだ。金髪を最上位とする髪色のヒエラルキーは、言うまでもなく直球のレイシズムで、「金髪碧眼のアーリア人」を理想とするナチズムまでの距離もそう遠くない。髪の色や眼の色に限らず、「コーカソイドっぽさ」というのは現代日本社会において美の基準のひとつにもなっていて、「ハーフみたい」とか「ハーフかと思った」という台詞が褒め言葉として用いられるし、私もよくそれを言われる。レイシズムとルッキズムのグロテスクな融合だ。

金髪でも黒髪でも茶髪でもない、ヒエラルキーのどこにも属さないピンクの髪にしたかったのは、だからでもあった。でもホワイトブロンドも、ピンクやラベンダーや水色や……という無数の選択肢がそれぞれ対等に並んでいる平面から選んだ、ヒエラルキーから自由な色のつもりで身に纏う。欺瞞かもしれない。

そこまで色を抜いた髪は、カラーシャンプーやカラートリートメントで違う色を入れるのも簡単で、時々ピンクのシャンプーで髪を洗う。

伸びていく、たまにピンクの髪

しばらくショートボブにしていたのだけれど、もっと短いのもやってみたいなと思っていて、しかし私の服装もあってかなかなかそれ以上は短くしてもらえなかった。というわけでまた新たに足を踏み入れた美容院で、ようやくボブではない「ショートカット」にしてもらい、そうしたらその一回でショートカット欲は成仏した。

この一年ほどで仲良くなった友達にノンバイナリーのひとがいる。お洋服が好きで、もともとよく古着などを着ていたのだけど、一緒にゴスロリマーケットのポップアップショップを見に行ったりしたらあっという間にロリィタにはまってくれた。悩ましいのは、かわいい格好をしていると、周囲から「ノンバイナリーじゃなくて普通の女の子だよね」と言われることがままあるということだ。しかし私もその友達も、ロリィタ服を、またどんな服も、性別に関係のないものとして着ている。友達は、ロリィタに出会って、一般的に「女の子らしい」と見なされるであろうものを忌避しなくてもいいんだと思えるようになったという。

最初会ったときは髪が短かったその友達は、最近髪を伸ばしている。鎖骨くらいまである、くるくるウェーブの黒髪は、貴族の少年みたいでかわいいし、よく似合っている。それを見ると、私もまた髪を伸ばそうかなという気持ちになる。黒くて長い髪、ピンクの長い髪、アッシュのショートボブ、ラベンダーのショートボブ、ホワイトブロンドのショートボブ、ほんのりピンクのショート、までやったので、次はホワイトブロンドのロングヘアをやってみようかなと思って、伸ばすことにした。ハイブリーチにロングヘアはやっぱりだいぶ傷みそうなので、できるかわからないけれど、まあできなかったらまた別のを試すことにする。

今の髪型は肩くらいのボブで、ホワイトブロンドに、時々ピンクシャンプーで色を入れている。髪の色を変えると、何にでもなれるような気がする。

#11

ドリュアスは眼に視えない

ランジェリーへの愛憎

見えないところのおしゃれ。それもまた、はまり始めたら止まらない、わくわくする領域である。

ランジェリーって可愛いんですよね。見えない部分に着るものだからだろうか、レースや刺繍、リボン、ビジューなどがふんだんに使われて、美しい。人に見える部分に、こんなに可愛らしく華やかなものを纏うのは気が引けるけれど、肌着ならば人目を気にせず楽しめる、という人も多いのではないだろうか。私は人から見えるところにもレースや刺繍てんこ盛りで何の問題もないけれど、下着の場合は上に着る服よりはるかに容易に、レースや刺繍てんこ盛りのものを見つけることができる（一方で、レースとか刺繍とか好きじゃない人からしたら、好みのデザインのものを見つけるのは困難だろう）。

しかしながら、ランジェリーと私との関係は複雑だった。屈託なく「可愛い」「綺麗」で身に纏うことができない、緊張関係があった。

今までに何度か書いているけれど、私は「性別」にも「性」にも馴染めない。それどころか、嫌悪感を抱いている。

ところが、下着というものは、上に着る服以上に、性別二元論的に設計されているのだ。「女性」の下着と「男性」の下着ははっきり分かれている。「女性」のものとされる身体を持った人は、ショーツだけでなくブラジャーを着ける必要があるとされている。「女性」の身体には、「乳房」と呼ばれる部位があるからで――それが全く、私には要らない部位なのだ。「性別」による身体の違いの筆頭に挙げられる部位。「性」的な魅力を担うとされる部位。生殖を前提とした機能を持つ部位。子供の時はなかった、「大人」の「人間」になってしまったことを証立てる部位。要らない。

そんな厄介な部位を持つ者にとって機能的な面も、ブラジャーには無論ある。乳房を胴体に近付けることで、負荷を軽くし、肩凝りを予防したり（荷物を持ち上げるときに身体になるべく近付けると軽くなるのと同じ)、揺れを抑えて動きやすくしたり、服と擦れて痛むのを防いだり。

しかし、要らない機能も多い。下着店のサイトなどを見てみると、大体の場合、ブラジャーの役割として、「バストラインを美しく整える」ことと「バストラインを美しく保つ」ことが挙げられている。まず、「美しく整える」の方だが、「美しい」バストラインというのはつまり、この社会において「女性らしい」とされているシルエット、バストにある程度のボリュームやら高さやら丸みやらがある体型のことを指していて、その理想の型に嵌め込んであげますよと言われても困る。しかもこの部位における「美しさ」「女性らしさ」というのは、他者からの関心を惹く、「性的な魅力」というのとかなり切り分けづらいところにある(だからといって、胸元が目立つ服を着ている人が他者を性的に誘惑しようとしていると結論づけるのは多くの場合誤り)。

しかもブラジャーには「盛れる」(つまり、ボリュームアップということです)と謳っているものが多く、好みによって選べる場合も、選択肢は「しっかり盛る」か「ナチュラルに盛る」かであったりする。「しっかり盛る」の反対は「しっかり潰す」ではないのか。私の理想のシルエットは、胸部やら臀部やらに肉がついていない、凹凸のない身体なのだが、それは叶えてくれないらしい。ちなみに「大きいバストを小さく見せる」ブラというのも世の中にはあるけれど、基本的には「大きいバストを」小さく見せるという需要に沿っているので、カップサイズは大きめのものしかない。それはそれで、小さい人は大きく見せ、大きい人は小さく見せ、「ほどよい」ところを目指さなくてはいけない……という圧力を感じる。私は別に大きくないバストを平らにして欲しいのだけど。

そして、「美しく保つ」方。ブラジャーをしないと、重力と加齢により下垂したり、肉が脇や背中に流れてそこに定住してしまったりする、とよく言われる。知らないよ、と思う。勝手についてきた全然いらない乳房を何でメンテナンスしないといけないんだ、と思う。しかし世間的に「美しい」とされる乳房が身体にくっついているのが鬱陶しいのと同様、世間的に「美しくない」とされる乳房が身体にくっついているのも多分嬉しくないんだろうな。うーん、「無」がいいんだけどな。

更に、女性の胸をセクシュアルなものと見なす文化の中で、卑猥に見えないようにしっかりカバーする、という役割もブラジャーにはある。そもそも自分の身体がデフォルトで性的で卑猥だ、というのが納得いかない。水着なんかでも、「男性」は上半身裸でも猥褻とは見なされないのに、どうして女性は上半身も覆わなきゃいけないんだ……？　どうして女性は服のラインにバストトップが浮いたらアウトなんだ……？　自分が身体を人目に晒したいかというと全くそうではないが、この身体は人に見られ、性的な関心を向けられる身体であり、それゆえに注意深く覆わなければならないのだという社会規範自体に、苛立つ。自分もビーチを上半身裸で歩いてても何の注意も向けられないくらいの安全性が、ほしいよ。

つまりブラジャーには、「乳房」を「過度に性的」なものでなくする役割と、「乳房」を「性的に魅力的」に演出する役割があって、一見矛盾しているようだけれど、社会秩序の中で求められる「適度な性的さ」に人を嵌め込むという点では矛盾していない。「性」というのは社会秩序の中で管理されるものだから。

その上、胸部をブラジャーで覆えばそれで安心かといえばそうではない。ブラウスやシャツの下に下着が透けて見えるとそれもまた大変「はしたない」ものとされ、同時にセンシュアルなものとして消費される。ショーツのラインがパンツ（ズボンのことです）に浮き出ているのも同じ。何で？　ブラとショーツを身に着けていることくらい、知ってるでしょ。見なくても分かることなのに何で騒ぐの？と思う。それらは見えてはいけないとされる部位を覆っている布だ。なのにそれも見えちゃいけないの？　というわけで、ブラジャーの上にはもう一枚、キャミソールなどの肌着を挟む必要がある。

で、まだあるんですけど、襟ぐりの広い服からブラジャーの肩紐が見えているのもアウトなんだそうです。紐ですよ、紐。それを見て「へー、この子はこの下にブラジャーしてるんだ……」とか思うの？　そりゃしてるよ。でもキャミソールの紐ならセーフらしいんですよ。違いが分からない。

ここまで、下着における性別二元論がしんどい、それも、性別が自分の身体に根差した本質的なものであるかのように扱われ、一方の性別にありがちな特徴をより強調する形で、またその性別に向けられる眼差しを内面化する形で纏わなくてはならないことがしんどいという話をしてきたけれど、「性」という方により踏み込んだ嫌さもある。

見えないところのおしゃれ、と今まで書いてきた。誰にも見せないところに、美しいもの、自分の好きなものを身に着けるのは、真に自分一人のためのおしゃれであり、粋な行いだ。そう思っていたから、下着のおしゃれがむしろ人に見せるためである場合があることを知ったとき、憮然とした。無粋だなあ、と思った。

生れてはじめて算術の教科書を手にした。小型の、まっくろい表紙。ああ、なかの数字の羅列がどんなに美しく眼にしみたことか。少年は、しばらくそれをいじくっていたが、やがて、巻末のペエジにすべての解答が記されているのを発見した。少年は眉をひそめて呟いたのである。「無礼だなあ。」

太宰治「葉」『太宰治全集1』（ちくま文庫、一九八八年）

この、「無礼だなあ」の感覚を色んなところで感じる。謎がある方が美しいものに蛇足な答えが用意されていたり、実用性がないからこそ贅沢で素敵だと思っていたものに即物的な実用性があったりするとき。この場合もそれだ。誰にも見せないところまで美を徹底する究極の自己満足、あるいは、誰にも見せないところに隠し持つ、自分の本当にしたい装いという秘密。そういう無意味で贅沢なものが存在を許されている世界ではなかったのか。

「勝負下着」という言葉も、長いこと「大事なプレゼンなどがある日に験を担いだり気合いを入れたりするために身に着けるとっておきの下着」という意味だと思っていた。

学部一年生の時だけ入っていたサークルの合宿の折、脱衣所で、ある女の子が着ていたかわいい下着を見て、他の女の子たちが「＊＊に見せるためなの～？」といじり始め、言われた女の子も満更でなさそうに「やだあ～」と笑っていたことがあって、最悪だな、と思った。＊＊、というのは、その女の子が一方的に思いを寄せていただけの同期の男の子だ。彼は思いを寄せられていることも知らなかった。一方的に懸想されていただけのことで、そんな下品ないじりに使われてしまうなんて、本人が聞いていなくてもセクハラだと思う。

これは下着というよりはセクハラする人が悪いエピソードだったけど、下着に「性愛の場面で他者を魅了するために身に着けるもの」なんて意味が付与されているのは気持ち悪いなと思う。そういう用途でしか身に着けないものならともかく、性愛やらない人も毎日着るというのに。

と、そこまで文句を言うなら、ブラトップとかを着ればいいんじゃない？って思うでしょ？そこがややこしいところ。ブラトップは胸部の脂肪をソフトにホールドするけれど盛ったりはしない。締め付けがなく着心地が楽であることが重視されていて、身体の性的価値を高めるといった用途は意図されていないのはいいのだけれど、その分色もデザインもシンプルなのが一般的だ。ところが私は、最初にも書いた通り、レースや刺繍たっぷりの衣類そのものは大好きなんだから困っちゃいますね。見えるところだけじゃなくて、見えないところにも、隙あらばレースや刺繍、リボンにビジュー、お花模様にパステルカラーを詰め込みたいわけです。

花を纏う

ランジェリーに対しては、長らく「いやらしいもの」というイメージを持っていて、買い物に行って下着店の前を通ったりするとき、直視できずに目を逸らしてしまったりしていた。ブラジャーを使うようになったのもだいぶ遅かった。

そんなだから、下着店でちゃんとフィッティングしてもらうこともなく、適当な（実際には全く合っていない）サイズのものを身に着けていて、やたらずり上がってきたり肩紐がしょっちゅうずり落ちてきたりしても、こういうものなんだろうと思っていた。

はじめて下着店で採寸してもらったのは二十歳過ぎの頃だっただろうか。思っていたサイズと全然違った。SNSなどではよく、「下着店で採寸・フィッティングしてもらうとかなりカップ上がるよ」といった発言が見られる。採寸・フィッティングを受けてきちんと体型に合った下着を身に着けようという啓蒙の意図がそこにはあるのだけれど、そのためのモチベーションとして「カップが上がる」ことを挙げるのは、サイズが大きい方がいいという価値観を前提にしすぎだと思う。採寸・フィッティングしてもらった結果、思っていたよりサイズが大きくてテンションが下がるという私のような例もある。

それでも、ちゃんとサイズの合った下着を身に着けると、サイズが合っていなかったときに比べて、動いてもずれないし肩紐も落ちてこないし、変に苦しくなったり食い込んだりもしないし、快適度はだいぶ上がる。上がるけれど、今までカップにうまく収納できていなかった胸部の脂肪を集めてかっちりホールドすると、胸が、ある、という感じのシルエットになる。複雑な気持ちだ。

可愛いランジェリーの情報などを見つけると、わ、素敵、と思うのだけど、「盛る」とか「アップ」とか書いてあると、うーんとなる。一方、胸を平らに見せるバインダー（「ナベシャツ」という呼び方の方が通りがいいが、あまり使いたくない名称だ）のたぐいは、シンプルで装飾がないのが一般的だ。バインダーを必要とする人は、デザインもいわゆる「中性的」なものを好む傾向にあるのだろう。「女性らしい」とされるデザインのものを身に着けるのは苦痛だという人が多いだろう。私が求めるようなものは需要が少ないだろうけれど、私は、きらきらふりふりで、胸を平らに見せてくれるランジェリーがあればいいのになと思う。フラットな肌にお花の刺繍を入れるような。

下着に対して、「いやらしい」というような苦手意識が払拭できずにいた中で、ある時はじめて「これがお気に入り！」と思えるものに出会った。

それが、PEACH JOHNの「花のブラ」（と、セットの「花のパンティ」）シリーズ。これがほんとうに可愛くて、ブラのカップ全体がお花そのものになったようなデザインなんですよ。チューリップやスイートピー、ネモフィラのお花の形をしたカップ。あるいは八重桜や菫やミモザの花で覆われたカップ。ショーツにもお花がたっぷりあしらわれ、下着を着ているとかじゃなくて、もう、お花を身に着けているようにしか思えない。

形は別に、胸を小さく見せてくれたりはしないけれど（とはいえ盛るというわけでもなくナチュラルめだったと思う）、デザインがとにかく好きだった。レースと刺繍で立体的に作られた繊細なお花は、色も極めて本物らしく美しく、花にかける並々ならぬ情熱が感じられた。人にどう見られるかとか、ＴＰＯとかマナーとか、セクシュアルなアピールとか、そういうのを一切顧みない、ただただ美しく可愛い下着だと私は思った。肌からお花を咲かせたい人向け。花の妖精とか、植物の精霊になれる。

そして、そこには「いやらしさ」の気配もなかった。何というか、こだわりのあるものは「いやらしく」ない。チープな雰囲気のものほど、手垢がついていて、すでに性的に消費されてしまっている感じ、性的消費に抗う力もなく迎合してしまう感じがあり、美しさや可愛さに徹底的にこだわっているものほど、性的消費をさせないための気配りに裏打ちされた、凛とした強さを備えている気がする（センシュアルさに徹底的にこだわるという路線もあるけれど、少なくともそれは、着る人が手綱を握っているセンシュアルさであり、意図しない方向に流されてしまうことがない、というか）。着る人の、こうありたいという思いを裏切らないように設計されている感じ。

私はそれまでの人生で一度もなかったようなハッピーな気持ちで下着を買い、身に着けるようになった。下着を着るときの、不愉快な感じがなかった。自分の身体は「いやらしい」もので、それを隠すために身に着ける下着も「いやらしい」もので、何重にも覆って隠さなければならない、という、自分が納得していない決まりにサインさせられている不本意さがなく、植物の精霊である自分を目に見えないところに忍ばせる高揚感があった。

そんなふうに私は下着と和解し、ついでに自分の身体ともちょっと和解した気がする。とにかく可愛くて素敵なものが身に着けられれば割と機嫌が直るというか、これでよかったかもという気持ちになるのだ。

このシリーズは当時、毎年新作が出ていて、私は新作情報にわくわくし、試着しに行って、自分にとびきり似合うお花を新しく手に入れた。

ところで私は下着店のフィッティングが割と好きだ。店員に下着姿を見られることになるので、苦手な人はかなり苦手だと思う。けれど私は、下着店の店員に下着姿を見られることは全然気にならない。

これは私にとっては意外なことだった。体育の授業の前後に教室で着替えるのとか、泊まり行事の際に集団で入浴するのとか、身体を人目に晒さなければならない場面がことごとく苦痛で仕方なかったからだ。同性だからいいというものでは全くなかった。

それなのに、お店の試着室でブラを着けて、店員を呼んで、肩紐を調節してもらったり、サイズや形が合っているかチェックしてもらう時間は、かなり気楽だ。そこでは、半裸の身体に何の意味もついていないという安心感がある。店員は下着も下着姿の身体も見慣れており、何の感想も持たないことが分かっている。プロのスタッフに下着のフィッティングをしてもらい、身体に合う下着を選んでもらうのは、整体などと近い、自分の身体に対するケアですらあった。

もうひとつ、私は下着のカタログを見るのが結構好きだ。素敵な衣類のカタログなんだからそれは好きに決まっているけれど、それをモデルが着ている写真も好きだ。これも意外で、というのは、自分の身体を人目に晒すことと同じように、他人の身体を目にすることも非常に苦手だったから。

扇情的なグラビア写真が表紙になった雑誌がコンビニに並び、電車の中吊り広告に出ているようなこの社会では、それは仕方のないことだと思う。物心ついたときから、街中には視界に入れたくないもの、そっと目を背け、存在を無視しなければならないものが多すぎた。

けれど、下着のカタログに登場する、下着のみを身に着けた人の姿は、性的に消費されることを全く目指していない。そこには「いやらしさ」は一切ない。目のやり場に困る感じも全くない。ただ素敵な衣類の着用写真に過ぎず、清潔感が漂っている。それを見るのは、自分も同じ衣類を身に着けたいと思う人ばかりであって、下着を身に着けた人を眼差したいという人ではない。そこに安心感があって、下着のカタログのモデル写真を見ると、身体に付与された過剰な意味を洗い流してもらえるような心地すらする。

偏愛を纏う

そんな日々が急に終わりを迎える。

「花のブラ」の新作が、出ていない。それどころか、旧作が全部セール対象になって、在庫がなくなっている。そんなまさか、これ、人気シリーズじゃないの?と思ったが悪い予感は的中し、何の報せもなくシリーズは販売終了した。

下着は消耗品だし、サイズも変わりやすくて長く着用することはできない。かくして「花のブラ」の日々は去った。

喪失感を抱え、可愛い下着を探す時代に突入。

インポートランジェリーも、試着してみていいなと思った。ヨーロッパのランジェリーは、日本製のものに慣れていると心許なく感じられるくらい生地が薄く、軽いものが主流だ。あまり「補正力」とやらはない、のだけど、つまり胸部を大きく見せたりしないところがありがたい。デザインは大人っぽいというかシックというか、日本製のものに比べると装飾が控えめな印象。私は装飾性が高いものが大好きなので、デザインが百パーセント好みというわけではないものに出せるお値段ではないなと思って買わなかったのだけど、「補正」してこないナチュラルな下着がほしい人にはおすすめだと思う。

さて、そんな私の前に現れたのが、Risa Magliというブランドである。

可愛い下着ブランドを探していたときに名前を見かけたこともあったけれど、写真で見てもいまいちぴんと来なかった。ただ、「接客がいい下着店」として名前が挙がっているのを見て、店舗に行ってみた。

そうしたら、写真で見るよりはるかに可愛かった。店舗の中はもう、可愛いの洪水だった。レースたっぷり、お花の刺繍、きらきら光るラメ糸、そしてリボン、という、私の好きなデザインのオンパレードなのだけど、同時に、他所では見たことのない可愛さでもあった。たとえば色遣いも、ちょっとくすんだミントだったり深いネイビーだったりアイボリーだったりと、どこか大人びて落ち着きのある、やわらかい色が多めだ。あまり下着では見ない色遣い。やっぱりここにも、「いやらしさ」がない。いやらしく見えないように、しっかり計算して、上品にエレガントに、そして可愛さ美しさに全力投球で作っているのが分かる。それも引き算の可愛さではなくて、私の大好きなものてんこ盛りの可愛さなのだ。

くすんだミントのレースに、深みのあるピンクの立体的な花の刺繍、同じピンクの肩紐にもお花がくっついているものとか。白の上に透明感のあるネイビーとライラックの刺繍レースでアネモネの花が描き出されているものとか。可愛い。美しい。しかもひとつのシリーズに複数のタイプのショーツが用意されており（サニタリーもある、これは嬉しい）、スリップまである。スリップがまた可愛くて、ふんだんにレースが使われている。

そして聞いていた通り、接客がとてもよかった。下着店では、採寸してもらいたくても、店員が忙しそうに見えて躊躇することがよくあった。三ヶ月に一回は採寸しろという話をよく聞くけれど、難しい。ところが、このお店では、いつでも採寸もフィッティングもウェルカムという感じなのだ。ウェルカムどころか、むしろ、させてください、という前のめり加減。試着の枚数制限もない。どっちのサイズが合うかなというときも、色違いどれもよすぎて決められないから全色試着したい、というときも、（良識の範囲内で）好きなだけ試着できる。無論試着室が混んでいて、待つこともある。そういう時も、店員が苛々していたり、急かすような空気を出していたりすることが一切ないので、こちらも気長に待てる。とにかく、ちゃんと採寸して、試着して、フィッティングして、自分に合うものを、そして気に入ったものを、納得して買ってほしい、という気持ちをひしひしと感じる。

そして、どの店舗のどの店員も、下着オタクと言って差し支えないくらい下着への愛に溢れている。私は好きなものについての情熱溢れるトークを聞くのが大好きなので、商品愛に溢れた店員と話すのはとても楽しい。各シリーズには「フロリアーヌ」とか「クレモンス」とか「マリカ」といった名前がついていて、店員も常連客も商品をちゃん付けか「この子」と呼ぶ、というところからも、下着を可愛がっているのが感じられる。試着をすれば、「わあ、可愛い！　とってもお似合いです！」とハイテンションに褒めてくれて、「お客様のお肌の色に映えますね！」と的確なコメントをくれるし、「ホワイトかグリーンかで迷ってるんですよね〜」という話をすると、「わかります！　ホワイトだと天使って感じで、グリーンだとティンカーベルみたいで可愛いですよね！」と、その解像度の高い答えを返してくれるので、まさに天使とティンカーベルどっちがいいかで迷ってたんですよ、という気持ちになり、話が早い。「単色に見えるけど、光が当たるとラメ糸の色が浮かび上がってまた違う見え方をするんですよ！」とか、ディテールに詰め込まれた可愛さを共有してくれるし、「わっこのレース遣いが素敵ですね……」とか、「この色はちょっとシックすぎるかなと思っていましたが、着てみると意外に可愛い色なんですね！」とか、下着の可愛さを語り合い盛り上がりながら選ぶ楽しさがある。「こっちの色も着てみませんか？」と出してきてくれて、「この子今朝入荷したばかりで、まだ試着された方いらっしゃらなかったんですけど、とっても可愛いので着てるところ見てみたかったんですよ～。着て見せてくださってありがとうございます！」とお礼を言われることすらある。そんな雰囲気なので、試着をしたり採寸やフィッティングを頼んだりするのにも、ゆっくり迷って選んだりアドバイスを求めたりするのにもまるで気兼ねがいらない。

ちなみに、ロリィタブランドで雰囲気が近いのは星箱Works。ここも店員の服への愛が強くて、好きなだけ試着させてもらえるし、試着すると「このタブリエを合わせてみてください！　頭物はこのカチューシャとこのボンネットどっちがいいですか？」とか、「よかったらこっちのカラーも試着してみてください！」とかどんどん持ってきてくれて、全力で褒めてくれて、「生成りはエレガントなお嬢様って感じでイメージぴったりですけど、黒のミステリアスで魔法が使えそうな感じもギャップがあって素敵です！」と、解像度の高いコメントをしてくれる。そして、「着て見せてくださってありがとうございます！」とお礼を言われることすらある。ただただ可愛いお洋服をいっぱい着せてもらって、ちやほやされてお礼まで言われることとある……？と、星箱WorksとRisa Magliに行くと思う。どちらも、商品は可愛いし店員は優しいいし、試着したり選んだりするのも楽しいしで、友達を連れて行っても安心感がある。

そうしてRisa Magliにはまり今に至る。ブラジャー一枚に対してショーツを二枚買うと長くお揃いで着られる、とよく言われるが、ブラジャーとショーツ二枚とスリップまで合わせて買うと、毎回それなりのお値段になる。でも、スリップまでお揃いだと幸福度が違うんだもの。ロリィタ服にはまってその上に下着にまではまるのは、お財布にはなかなか厳しいのだけど、可愛い服を着るときに、中に着る下着まで同じコンセプトや雰囲気で合わせたりするのはとても楽しい。

Risa Magliにはまってからは下着を手洗いするようになった。実はですね、二十一世紀にもなって何とワイヤー入りブラジャーって洗濯機に対応していないんですよね。洗濯機で回すと型崩れしたり生地が傷んだりするそう。これが「女性」用でなければ、とうにブラジャーと洗濯機のどちらかが相手に適応して進化していたのではないか、と勘繰ってしまう。「女性」なら身に着けるものを日々丁寧に手洗いできて当たり前だという規範がありませんか？

とは思っているが、せっかくの可愛い下着を長く保たせたいので、手洗いすることにした。お風呂に入るときに、洗面器に水を張って洗剤を溶かして軽くつけ置き洗いする。慣れればそう面倒ではないし、可愛いものへの偏愛のために不合理とも言える手間をかける時間も愛おしい。自分の手で洗っていると、ラメ糸のきらめきとかもよく目に入って、改めて、可愛いなあ、と思う。（でも基本的には手間は少なければ少ないほどいいと思うし、そんな偏愛を持ち合わせていない人のためにも、洗濯機で洗える下着は増えてほしいですね）

肌に乗せると、身体から花が咲き出したように思える、美しい下着たち。
目に見えない部分に、植物の精ドリュアスを棲まわせて、今日も生きていく。

あとがき

七十になる母に服をプレゼントした。

ロリィタを着始めたときに気になったのは親の目だったが、両親は拍子抜けするほど何も言わなかった。二着目のロリィタとして買った、Innocent Worldのトーションレースドールワンピースをはじめて着たとき、父に「オルゴールの上で踊ってる人形みたいだね!」とかわいい表現をされて愉快だった、それくらいだ。あとはどんなにボリュームの多いドレスを着ていても、頭にどんな大きなリボンカチューシャを載せていても、突然英国紳士みたいな格好をし始めても、まるで驚かない。髪が何色になっても口を出さない。

装いと見た目に関しては(ほとんどそれだけは)衝突することが多かったが、両親は「本人が楽しそうならそれでいい」という境地に達したらしい。

ちなみに、背中に羽根のついた服を着ていたり、ネジマキドールベルトを巻いていたりするときだけ、「それ、羽根が生えてるの?」とか「ねじがついてるね」とか嬉しそうに言ってくる。赤子の時の私がはいはいする様を「青虫みたいでかわいかった」と言う人たちだけあって、人間っぽくないものの方に惹かれるのかもしれない。

実を言うと母は、装いに全く興味がないというわけではない。装いに手間をかけるような余裕はないし、「自分が手間をかけても……」という思いもあるようだし、買い物は苦手なのだけれど、たっぷりとしたロングスカートは好きだし、はっきりした色合いや大きな柄のものが似合い、そういう服を着ているときに「今日の服いいね」「似合うね」と言うと喜んでくれる。ただし、褒めると「めぐの方が似合うだろうからあげるよ」と言い出すのでちょっと困る。その服が自分より似合う人が世界に何人いようと、あなたが着たいなら着ればいいのに。

だから、私の「好き」と母の「好き」がかぶる部分もある。青系の色が好きな母は、私が鮮やかなネイビーブルーやターコイズブルーの、丈の長いワンピースなどを着ていると、「それいいわねえ」と言ってくる。「それってどこで買ったの？　お母さんも同じようなのほしいな。でもめぐが着てるからよく見えるんだろうねえ……」と。

そこで服をプレゼントすることにした。無地か大きめの花柄の、青系の鮮やかな色で、シンプルめのデザインの、パニエを入れなくてもきれいに見える、スカートにボリュームのあるロングワンピースがいい。なおかつ軽くて動きやすいもの。また母に聞くと、とにかく襟がないのがいいという。襟があるとかわいすぎて着られないので、スクエアネックがいいとのこと。

それで随分あちこち探し、母に様々な写真を見せては意向を伺い、いったんロリィタブランドで母の気に入るものを見つけて通販で購入手続きまでしたのだが、在庫がないとのことでキャンセルになってしまった――という小事件も経て、カジュアルロリィタブランドの受注生産品でかなり母の好みに合うものを見つけた。きれいなブルーグレーのカラーで、上品な薔薇模様、スクエアネック。母に見せると、「お母さんにはかわいすぎないかなあ」とか「お母さん結構太っちゃったからなあ」とか躊躇しながら矯めつ眇めつしていたが、やっぱり気に入ったそうなので、購入してプレゼントした。

その服を、母は父と映画を観に行くときや、大学時代のサークルの同期との同窓会、妹（私の叔母）と会うときなどに着ていく。出かける母に、「やっぱりその服似合うね」と声をかけると、「みんなに褒められるんだよ」と嬉しそうだった。

次はどんな服を贈ろうか。

服は、興味のない人は着ないというわけにもいかない面倒なものだ。様々な苦味や痛みがつきまとうし、私はそれを現在の自分の楽しさや愛で塗り潰してしまいたくはない。苦味も痛みも抱きしめたままで、踊り続けたいと思う。

装うことの楽しみを、痛みを、幸福を、苦味を、甘美さを、分かち合ってくれるすべての人のおかげでこの本は生まれました。ありがとうございます。また、担当編集の堀川夢さんと三上真由さんに心からの感謝を申し上げます。

川野芽生

巻頭短歌初出
「Otona Alice Book」vol.1
（Otona Alice Walk 発行、２０２２年9月17日発売）

川野芽生

Kawano Megumi

小説家・歌人・文学研究者。第29回歌壇賞受賞。第一歌集『Lilith』（書肆侃侃房、2020年）にて第65回現代歌人協会賞受賞。小説集に『無垢なる花たちのためのユートピア』（東京創元社、2022年）と『月面文字翻刻一例』（書肆侃侃房、2022年）、長編小説に『奇病庭園』（文藝春秋、2023年）がある。

［装画・挿絵］水野みやこ　https://borovnia.xii.jp/

かわいいピンクの竜になる

2023年12月30日　第1刷発行
2024年11月20日　第2刷発行

著者　川野芽生

発行者　小柳 学
発行所　株式会社左右社
151-0051
東京都渋谷区千駄ヶ谷3-55-12 ヴィラパルテノン
TEL　03-5786-6030
FAX　03-5786-6032
info@sayusha.com
https://www.sayusha.com
ブックデザイン　アルビレオ
印刷所　創栄図書印刷株式会社

ISBN978-4-86528-395-2

iStock.com/ajuga